U0106135

時空調查科 ⑨

加勒比海盜大戰

關景峰 著

新雅文化事業有限公司
www.sunya.com.hk

時空調查科

阿爾法小組

—— 人物介紹 ——

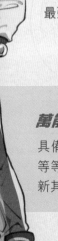

凱文

特工代號：051

年　　齡：13歲

組內擔當：分析大師

特　　長：IQ極高，分析力超強，
多謀善斷

最強裝備：萬能手錶

萬能手錶

具備通訊、翻譯、搜尋、地圖
等等功能，還能按需要升級更
新其他功能。

張琳

特工代號：059

年　　齡：13歲

組內擔當：攻擊大師

特　　長：擁有驚人的戰鬥力，對各種
　　　　　武器都運用自如

最強武器：先鋒寶盒

先鋒寶盒

可變化成霹靂劍、迴旋鏢和流
星鎚三種武器的神奇寶盒。

西恩

特工代號：056

年　　齡：12歲

組內擔當：防衛大師

特　　長：能針對不同攻擊使出各種防禦
　　　　　力強大的招式

最強招式：防禦盾、防禦弧

防禦盾

原為硬幣般大小的鐵片，使用時
會變大成圓形盾牌。

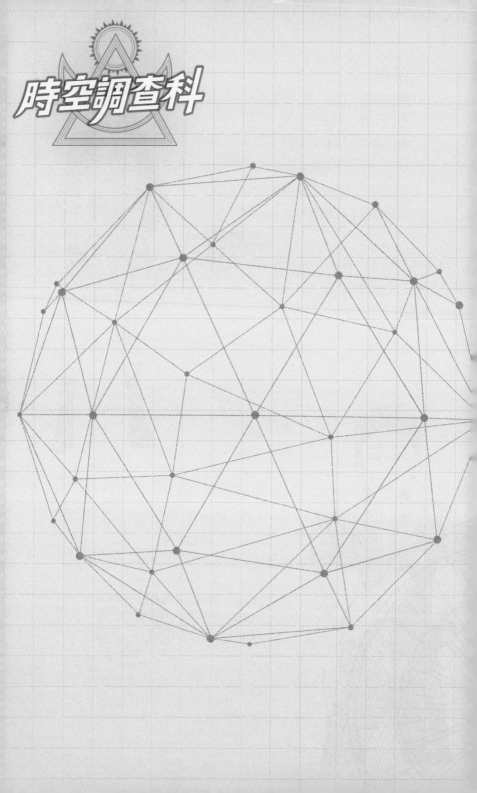

目錄

CHAPTER 1

好心船長

如果拋開時間，我是說如果我們所處的「芒果島」是現代，那麼無疑這就是一處度假天堂，這裏有湛藍的大海，碧藍的天空，海天一色，分割開它們的是被暖風吹得飛盪的綠色椰林。翩翩輕舟之上，人們前往深海潛游。

但是，這是十七世紀的大西洋上，加勒比海東北端的芒果島，海盜橫行，海風中夾雜着血腥的味道。往返於歐洲大陸和中南美洲的商船，西班牙的、葡萄牙的、荷蘭的……隨時面臨着海盜的洗劫。當然，這些商船對於海盜的搶劫，也不是甘願束手就擒的，他們的商船上，都裝備着火炮。因此，你在芒果島這個商船往返的路線上，經常能聽到遠處的炮火聲，那是海盜船和商船之間的對戰。這也是這個地理大發現時代的一個特色。

　　我、張琳和西恩，現在就在這個面積僅五平方公里的芒果島上，芒果島距離最近的南美洲大陸有將近五百公里的距離，穿越到這裏，是因為我們要在這裏堵截一個毒狼集團份子，他化名加西亞，在一條西班牙商船「大橡樹號」上當水手。芒果島上因為有淡水，所以往返的商船經常在這裏停留，上岸取淡水。我們在這個島上，等候大橡樹號的到來，把加西亞抓回現代社會去，讓他受到審判。這個加西亞的穿越能力有限，根據線報，他穿越過來後只能停留在這個時代，兩年後再有人過來幫他穿越回去。

　　我們已經來到這個島兩天了，整個小島上，只有我們三個人。這個島最寶貴的，就是島中央的一處淡水水井，剩下的只有椰林。我們來了以後，在島嶼東岸的最高處，搭建了一處木台。木台之上，可以觀察島嶼周邊海域的情況，看看有無商船駛過；木台之下，可以遮風擋雨，成為我們的臨時住處。

「……今天中午還是吃魚？」西恩懶洋洋地躺在「沙灘椅」上，這張椅子是他用樹枝搭建的，上面鋪着乾草，「我現在看什麼都像魚。」

「你可以叫外賣，看看他們能不能送過來。」張琳坐在不遠處的木台下的「屋子」門口，「別懶了，快去抓魚去。」

「這要等到什麼時候呀？」西恩一副抱怨的樣子，從「沙灘椅」上站起來，他抬頭看了看木台上的我，我正在木台上觀察着海面，「凱文——大橡樹號什麼時候來呀？」

「這個線報沒有說，我們拿到消息的時候大橡樹號已經從克蘭港開出來了，第一個補給淡水的島嶼就是芒果島，只要返回西班牙，就一定要在這裏補給淡水。」我俯下身子，對西恩說道，「哎，直接穿越到大海的一條船上風險太大，所以我們只能穿越到這個島上，在這裏等候。」

「但願它快點來，早點抓到加西亞回去。」西恩

不高興地喃喃自語，他走到木台邊，拿起那把樹枝做的魚叉，「天天吃魚，真夠煩的。」

西恩拿着魚叉向海邊走去，我們這裏距離海邊大概有兩百米的距離，西恩捕魚的時候會騎上一根大木椿，划到海面上去扠魚。張琳的工作是在木台邊生火燒水，這些天我們發明了煮、烤、蒸等多種做魚的辦法。

我在木台上，這個木台高出海平面五米，能看清島嶼四周的情況，不過我重點關注的是東面的海面，那裏是航道，船隻要是到島上來補充淡水，也要從那邊開過來。

我們在木台上加了一塊遮陽板，否則在上面看守的人都要被曬暈過去的。我望着遠處的天際線，海面上波瀾不驚，天氣非常好，但願大橡樹號快點開過來。抓捕加西亞的計劃我們已經演練過幾次了，只要他上島，我們會把他抓到一個避開人羣的地方，快速穿越回去。他的樣子我們已經熟記了，他

卻不知道我們得到線報埋伏在這個島上。根據當時的航海情況，航行了幾百公里的船隻，到達一個島後，全體船員都會到陸地上休息，這可是對漫長的海上航行的一個補充。

忽然之間，遠處的海面上，有一個小黑點出現，我的心揪了起來，那可能就是大橡樹號。我繼續觀察，那個黑點變大了一些，隱約露出一條船的形狀，而這條船正向我們這個島駛來。

「西恩——快回來——」我對着幾百米外的海面上大喊起來，西恩正在那裏扠魚，「有船來了——」

木台下，聽到我的喊聲的張琳迅速撲滅了剛生起來的火。遠處的西恩聽到了我的喊聲，划着大木椿向岸邊駛來，距離岸邊十米，他跳下了水，隨即向木台跑來。

遠處那條船越來越大了，我沒有望遠鏡，只能瞪大眼睛辨識着那條船，我多麼希望看到一面畫着橡

樹的商船呀。當時的船隻，升起的旗子都會畫着和船名一致的圖案。

「加西亞在船上嗎？」西恩跑到木台下，一邊往木台上爬，一邊緊張地問。

「太遠了，根本看不清。」我連忙説，「你自己來看看。」

張琳也爬了上來，我們三個看着那條越來越近的商船，那是一條有三個桅杆的大船，它距離我們越來越近了。

「根據線報提供的時間，五天前從克蘭港出發的大橡樹號，到達這裏的時間，就是這兩天。」我遙望着越來越近的大帆船，「一切按照計劃進行，千萬不要慌……」

「好的，放心吧。」西恩也看着那條船，「不過……好像……你們看呀，應該不是大橡樹號……」

大帆船中間的桅杆最高，上面的旗子我們能看清楚了，那是一面藍色底子的旗子，上面的圖案不是

橡樹，而是一匹馬，不過馬的身上有兩個翅膀。

「不是大橡樹號，這是……飛馬號，應該是這個名字。」我很是無奈，不過一直緊張的神經放鬆了下來，「那就按照另外的計劃應對，千萬不要和商船上的人發生衝突。」

「我想我們可以去問一下情況。」張琳說道，「這條船應該也是從克蘭港開出來的。」

「那就問一問吧，也許大橡樹號隨後就到。」西恩充滿希望地說。

我們都下了木台，那條帆船眼看着就開到了距離海岸三百多米的地方，帆船慢慢減速轉向，船身和海岸線保持平行狀態，在海岸邊兩百多米處停了下來，再向前這樣大的帆船就會擱淺。我們看到了船身上的拉丁字母——飛馬號。

飛馬號上放下了三艘小木船，每條木船上有六、七個人，隨後開始向芒果島駛來，為首的木船上，所有的人都端着長管火藥槍，都很緊張的樣

子。我們則站在岸邊的椰子林裏，等着他們上岸。他們緊張，應該是害怕遭遇海盜。

三條小木船到了岸邊後，第一條船上的人先上了岸，他們警惕地向椰子林這邊走來，隨後兩條船上的人也都上岸，跟在他們後邊。

「嗨——嗨——」西恩走出椰子林，向那些人招手，非常地熱情。

「什麼人？」一個胖水手大叫起來，「啊——是海盜——」

胖水手說着就蹲下身子，隨後舉槍瞄準了西恩，西恩的手放了下來，他有些不知所措了，我們也是那個時代的裝扮，但怎麼看也不像是海盜，我們也沒有拿任何武器。

「奧古斯塔，別看什麼都像是海盜，看仔細了，那是三個孩子。」胖水手身後的一個高個子水手嘲弄地說，「起來，快起來，別誤傷了人家。」

「怎麼回事呀？」一個年紀稍長，留着鬍子的人

從那羣人後走上來，問道。

「報告船長，有三個孩子。」叫奧古斯塔的人已經站了起來，槍也放下了。

「剛才我在望遠鏡裏看到有三個孩子，沒看到有別人。」船長看了看我們，隨後走了過來，「就是你們呀，怎麼在這個小島上？」

「我們……」我開始說早就準備好的應答詞，「我們要去西班牙，我們的船上有傳染病，船長說我們年齡小，抵抗力差，就把我們放在這裏了，讓我們搭別的船走。」

「噢，他可真是放心，放三個孩子在這個小島上。」船長有些不屑地說道。

「我們每天扠魚吃。」我一副很可憐的樣子，不過每天吃魚這個情況是真實的，「啊，你們是來取水的吧，我們把水井保護得很好。」

「這島上沒有其他人了吧？」船長看了看四周，似乎有些不放心地問。

「沒有了，只有我們三個。」我連忙説。

「奧古斯塔，帶人去取水。」船長指了指前面，看看胖水手，隨後他又看看高個子水手，「二副，留幾個人在船上看守，叫其他人也都下船吧，我們要在這裏休息一下。」

奧古斯塔帶着那些人，提着大水桶向水井那邊走去。二副則向帆船走去。我看着那個船長，發現他心情似乎很是不錯。

「船長先生，我想問個事情，你們是從克蘭港出發的吧？你們知不知道大橡樹號的情況？」我湊上去，小心地問。

「大橡樹號？」船長看了看我們，「當然知道，它比我們先出發一天。」

「啊？」我心裏一驚，我看看張琳和西恩，他倆也都一樣，我皺起了眉，「我們……怎麼沒有看到這條船經過？它不來這裏補充淡水嗎？」

「他們那條船，怎麼説呢，出了些狀況。」船長

聳了聳肩，「做了幾次賠錢的買賣，以前還被海盜搶過一次，船長算是破產了，在克蘭港都沒錢收購貨物了，船員也跑了一半，你剛才看到的奧古斯塔以前就是大橡樹號上的船員，這條船的船長開船回去了，說是到了西班牙就把船賣了抵債，也不知道賣船的錢夠不夠還債。」

「我們怎麼沒看到這條船經過呢？」張琳在一邊急着問。

「除非要上這個島，否則它按照航線走，距離這裏有幾十公里，你們看不見，它就開過去了。」船長說，「我覺得他也不會在這裏上島的，他們的船員少了一半，不需要那麼多淡水了，沒必要在這裏裝滿淡水，那樣船會載重，很沉。他們會在下一個淡水補充島停下來，要開到西班牙，我們這條滿員的船需要補充兩次淡水，他們怎麼也要補充一次。」

「下一個島？」我確實着急了，「是鳳梨島

嗎？過了這個島，在去西班牙的途中就沒有能提供淡水的島了。」

「就是鳳梨島。」船長點點頭，「繼續向東北行駛大概五百公里就是比這芒果島大很多的鳳梨島，那裏是加勒比海的外海……我說，你們關心大橡樹號幹什麼？」

「我們想要找到這條船上的加西亞，我們……」我頓了頓，我們實在無法向船長解釋我們是從現代社會穿越而來，要把犯罪分子加西亞抓回去，「他是我們的一個親戚，我們想找到他，回到西班牙去。」

「船長先生，你能不能幫幫我們，帶我們去追大橡樹號，我們真的想快點找到加西亞。」張琳在一邊，哀求地說。

「那個叫加西亞的……還有你這個東方人親戚？」船長疑惑地看着張琳。

「遠親，是非常遠的親戚。」張琳說着拉過西

恩，「和他的關係比較近。」

「誰要和他是……」西恩喊叫起來，不過張琳狠狠地拉了拉他的胳膊，西恩晃晃腦袋，「啊，他是我的親戚，不爭氣的親戚，這麼多年也沒賺到錢，還是一個水手，可怎麼辦呢，他是我在這邊唯一的親戚，回到西班牙的港口還要他帶着我們回家鄉呢。」

「噢，好像很可憐。」船長又聳聳肩，「這樣吧，大橡樹號一定會在鳳梨島補給淡水，還會在那裏休息，我們在海上加快點速度，就能追上他們。你們上我們的船，我們也許能趕上他們。實在趕不上，我帶你們回西班牙。」

「好心的大叔，太感謝了。」西恩衝上去抱住船長説，「我們可是遇到好心人了，真是太感謝了……」

「好了。」船長拍拍西恩，「不過你們可不能閒着，每個水手都有自己的工作，你們三個上船，起

碼要準備接下來五天你們需要的淡水，現在就去抬水。」

　　「是。」我們三個一起立正說道，隨即向水井那邊跑去。

迷霧中的海盜船

　　看來一切都要在鳳梨島解決了。我們幫着飛馬號上的水手抬水，這條船一共有三十多個水手，這次採購了大量的南美洲物資，其中還有白銀，運到西班牙就能大賺一筆。船長真是一個好人，為了能保證我們追上大橡樹號，原本準備在芒果島休息一天，臨時改成了半天，傍晚的時候，飛馬號就啟航了。

　　我們三個站在飛馬號的船頭，都很感慨，本以為加西亞跟着大橡樹號遠走，我們要改變計劃了，沒想到我們幾天後就能追上那條船，加西亞看來是跑不了。

　　「喂──」奧古斯塔的聲音從我們的身後傳來，「我說，你們沒看過大海嗎？有什麼好看的？要吃晚飯了。」

「來了──」我們三個連忙向船艙走去，奧古斯塔站在船艙門口，看着我們。

「吃好飯我還要帶你們去水手室，吊牀睡得慣吧？」奧古斯塔有些關切地問。

「沒問題。」我説道，「啊，奧古斯塔先生，你本來是大橡樹號上的，那你認識一個叫加西亞的水手嗎？個子不高，棕紅色頭髮……」

「知道這樣一個人，在克蘭港莫名其妙地跑來要當水手，也不知道從那裏冒出來的。後來他跟着大橡樹號走了。」奧古斯塔説，「他剛來兩天，我就辭了大橡樹號的水手，大橡樹號欠了我一年的錢，我是來海上發財的，不能空着手回西班牙。」

完全對得上，加西亞就是從現代社會穿越到十七世紀的克蘭港的，外人看起來當然是莫名其妙的。

「奧古斯塔先生，你航海這麼多年，有沒有遇到過傳説中的海盜？」西恩很是好奇地問了一個問題。

　　「傳説中的？不用傳説，我遇到很多次，每個水手都遇到過。」奧古斯塔很是神秘地看着我們，「告訴你們吧，窮瘋了的時候，我都想去當海盜了。」

　　「啊？」張琳小聲地驚叫起來。

　　「別那麼緊張，我不是沒去當嗎？」奧古斯塔一副滿不在乎的樣子，「我這個人就是善良，從小就善良，我可不想去搶別人。」

　　「噢，你和船長都善良。」西恩感慨地説，「不過遇到海盜我們該怎麼辦？」

　　「小孩子，不用管這麼多。」奧古斯塔指了指船頭，那有一門被帆布蓋着的大炮，「看到了吧，船尾也有一門，兩舷船體裏各有三門，我們會抵抗的，雖然我們的大炮不如海盜的威力大，但也不會束手就擒。」

　　看起來飛馬號也具備攻擊力，我們算是放寬了心。我們要抓加西亞回去，海盜不要突然竄出來

搗亂。

吃好了飯，我們去了底艙，那裏有幾個大的船員休息室，我們的那個休息室，能住十個人，我們每人分了一個吊牀，躺上去還算舒服，只不過底艙的味道着實難聞，我們從沒有在這樣有異味的環境裏生活過，沒辦法，只能這樣。

第二天一早，大概六點多，我們都醒了，海面上風浪不大，船的航行平穩，但是那股味道依舊，我們連吃早餐的胃口都沒有了，不過裏面其他幾個水手鼾聲如雷，他們早就適應這個環境了。

我們三個決定到甲板上去透透氣，來到甲板上，海風吹過來，我們貪婪地吸着新鮮空氣，終於算是緩過來了。這時的海面上，一片霧濛濛的，天氣雖然開始發亮，但是遠處的景物根本看不清。

「船長先生──」張琳忽然對着第二層的平台上招了招手。

我轉身一看，船長站在第二層的觀察平台上，手

裏拿着一架單筒望遠鏡。看到我們三個，他也招了招手。

「船長起得也很早。」張琳説着走到船舷旁，扶着圍欄説，儘管看得不太遠，她還是努力地看着遠處。

「他可不是被熏醒的，船長和大副都有單獨的房間。」西恩説道，「他管理着這條船，職責重大，他一定是早起巡視的。」

我又看了看二層平台，平台後就是駕駛室，駕駛室的窗開着，船長在和裏面的帆船舵手説着話。

「啊呀——那邊黑乎乎的——」西恩忽然叫了起來，手指着不遠處，「是不是……冰山呀，不要撞到冰山呀……」

「這裏接近赤道，哪裏會有冰山。」張琳教訓地説，「可能是……」

灰霧之中，一個桅杆先露了出來，桅杆的最上方，一面黑色的旗子飄盪着，黑色的旗子上，畫着

一個白色的骷髏頭。

「海盜──」二層平台上，船長大叫起來，「海盜──」

一艘海盜船的船身「嚯」的一下就鑽出了灰霧，海盜船比我們的飛馬號要大，它快速地靠了過來，像是要吞噬飛馬號一樣。海盜船的船頭，寫着「一瓶酒」幾個字，這條船的名字叫「一瓶酒」。

「迎戰──迎戰──」船長繼續大叫着，另外一個水手衝到駕駛室旁，用力敲着懸掛在外面的警報鐘。

海盜船一瓶酒號撲了過來，它並不是撞擊我們的，反倒是用船舷靠近我們，距離我們只有幾十米了，海盜船的船舷邊，站着幾十個海盜，我們看得很清楚，他們有的舉着刀，有的揮着斧子，還有的拿着短管火藥槍，一個個都狠狠地瞪着我們。

我們三個都驚呆了，這是我們第一次看到海盜。這時，奧古斯塔衝了過來，他拿着一枝長管火

藥槍。

「來人呀——他們要……」奧古斯塔大喊着，底艙的水手們都在睡夢中，他們醒來再去取槍械，需要時間。

「嗖——嗖——嗖——」海盜船的二層甲板上，拋過來三、四個帶繩子的鈎子，準確地搭在了我們的船舷上，一層的三、四個海盜，跳上船舷，雙手拉住繩子，開始滑向我們的船。

「砰——」奧古斯塔對着一個海盜就開槍，但是由於船體的晃動，他沒有打中。

「咔——咔——咔——」張琳衝上去，她已經亮出了霹靂劍，只見她一劍一個，斬斷了三條繩子。三個扒着繩子滑過來的海盜，立即掉到了海裏，她正要去斬第四條繩子的時候，急速擺脫海盜船的飛馬號一晃，張琳差點沒站住，連忙扶着船舷。

「哈哈哈哈——」一個留着長鬍子的海盜叼着一把長刀的刀背，順着第四根繩子滑了過來，快到我

們船舷的時候，他縱身一躍，跳到了甲板上。

海盜正好跳在了我面前，他拿着刀，看到我是一個孩子，很是不屑。看到有海盜登船，我們的船長舉着一把斧子從第二層甲板上跳下來，準備和海盜戰鬥。

我一拳就打上去，海盜不知道我是超能力者，所以沒有躲避，我一拳打在他的身上，他的身體橫着飛了出去，重重地撞在了船舷上。他慌忙爬起來，西恩衝過去，一腳踢中海盜，他慘叫一聲，驚恐地看了看我們，翻出船舷，跳下大海，向自己的船游去。

「嗖——嗖——嗖——」又是幾個帶着繩子的鈎子勾住了我們的船舷，張琳衝上去，用霹靂劍一一斬斷繩子。

「砰——砰——砰——」海盜船上，有海盜開始向我們這邊，尤其是張琳密集射擊，我們連忙蹲下，躲在船舷下，子彈把船舷打得木屑亂飛。不過

這時，越來越多水手趕來支援，奧古斯塔帶着他們向海盜船一起反擊。飛馬號快速轉向，急速行駛，拉開了和海盜船的距離。飛馬號在前，海盜船在後，緊緊地追了上來。

「射擊──射擊──」飛馬號上的高個子二副一邊指揮着大家到船尾向海盜船射擊，一邊把船尾大炮的帆布扯下來，一個水手打開了炮彈箱。

「轟──」的一聲，一發炮彈落在船尾左邊十幾米的海面上，爆炸了，爆炸掀起了一大股水柱，幾個靠着左邊的水手被晃得倒在地上。海盜船先開炮了，他們使用前炮向我們射擊的。

飛馬號上，兩個水手快速給尾炮裝彈，一個水手抓起炮膛後插上了火繩，二副用火石點燃了火繩。

「轟──」一聲巨響，我們的尾炮射出了一枚炮彈，炮彈落在海盜船前五米的海面上，炸起一股巨大的水柱，水柱擋住了海盜船的船頭，海盜船的船頭一偏，這影響了他們的船頭大炮的射擊，他們

射出了一發炮彈，落在飛馬號船尾一百米外的海面上，爆炸後對飛馬號沒產生任何影響。

飛馬號又對着海盜船發射了一發炮彈，海面上，海盜船被籠罩在迷霧之中了，也不知道我們是否命中。這時，從迷霧中射出來一發炮彈，落在飛馬號船尾右側五十米處。隨後，再也沒有炮彈射來。

飛馬號急速向前，開了將近十五分鐘，船長走到船尾，看着海面上的霧氣。

「應該是擺脫他們了。」船長有些放鬆地說，「剛才真危險，差點打成接舷戰。」

　　「他們追不上來了吧？」西恩還是有些擔心地問。

他們的船大，海盜船安裝的大炮也多，所以船體沉，我們在速度上略有優勢，關鍵是霧氣大，距離稍微拉開他們就看不到我們了。」船長解釋説，他忽然看了看我們，「啊，真是不簡單，你們幾個孩子，真是沒看出來，太英勇了，你們剛才可幫了我們……」

「你那把長劍呢？」奧古斯塔好奇地看着張琳，「要不是你砍斷鉤子，他們的人就上來了。」

「我……收起來了……」張琳有些遲疑地説，她笑了笑，「其實我們……會一些魔術，同時我們也練習過一些搏鬥術。」

「你們真是我撿來的寶貝。」船長很是激動，「多謝你們，多謝你們呀，我一定儘快帶你們去找大橡樹號，有什麼要求，你們只管説……」

「啊，我們住的底艙，那股味道……如果有一個單獨的房間……」西恩立即抓住機會，「我想我們會休息得很好，更能保護這條船的安全。」

「沒問題，我的房間可以給你們住。」船長大聲地說。

「那不必了。」我連忙擺着手說，「只要空氣流通一些……」

「二層駕駛室後面的貴重物品儲藏室。」船長立即說，「在整條船的高層，能觀察海面，遇到海盜出擊也方便，我馬上叫人掛上吊牀。」

「噢，非常感謝。」張琳說道，「船長先生，請問接下來我們還會遇到海盜嗎？」

「這誰知道呢？」船長搖搖頭，「運氣好，一直就到鳳梨島了，運氣不好，還會遇到海盜船的，這片是加勒比海北端，這裏和加勒比海的外海是海盜活躍區域。」

CHAPTER 3

大橡樹號駛來

我們很快就住上了「豪華房」，那股異味沒有了，還能通過窗戶看外面的大海，每天的飯菜船長派人送來。我們也經常去駕駛室看看，很快，我們就和這條船上的人都熟悉了，他們都很熱忱，雖然有些人說話、舉止有些粗魯莽撞，但是這倒也符合這些常年在大海上闖蕩的人的性格。

接下來的幾天，我們應該是遇到了好運氣，我們一路向東北方向前進，路途上沒有再遇到海盜。船長特別安排了人在大霧天時觀察，幾天前的海盜船就是利用這種天氣的掩護突然接近，想爬到我們的船上來。現在早上霧氣濃的時候，船長會派三個人爬到桅杆上去觀察。

飛馬號一路急行，要趕在大橡樹號離開鳳梨島之前追上它。一連幾天的航行，單調又乏味，每天

都在這個狹小的空間裏，我們真的很想到陸地上走一走。

追趕大橡樹號的第五天早上，我們都齊聚在駕駛室裏，船長給我們看着海圖。

「……目前距離鳳梨島還有大概三十多公里的路程，全速行駛的話，兩個小時就能到達那裏了。」船長指着海圖給我們解釋，「我認為大橡樹號應該會在鳳梨島停靠呢，他們到達那裏也不會超過十二小時。」

「也就是我們快要見到加西亞了。」西恩有些興奮地點着頭。

「對，就要見到你的親戚了。」船長看看西恩，「不要激動……」

「我的親戚……激動……」西恩眨眨眼，「好吧……」

「真希望你們能繼續留在我們的船上。」船長有些惋惜地説，「按照行程，大橡樹號應該早於我們

離開鳳梨島。」

「感謝您為我們加速行駛，趕在大橡樹號離開之前追上他。」我的感謝溢於言表，「那麼，離開了鳳梨島後的航程，遇到海盜的概率據說會大大減少。」

「是的，海盜也要依靠島嶼為基地，茫茫大海上他們也無法長期生存。離開鳳梨島到達西班牙前就沒什麼島嶼了，只有一處距離西班牙很近的亞速爾羣島，那個區域沒有海盜。」

「那我們提前祝飛馬號一路平安，早些到達西班牙……」

「船長，遠處有一條船。」駕駛室的觀察位，二副拿着一架望遠鏡，看着前方，同時匯報着。

船長立即走過去，一個水手遞上去一架望遠鏡，船長舉起望遠鏡，看着二副指引的方向。

「好像是大橡樹號，看不太清，太遠了，距離我們約二十多公里。」船長有些激動地説，「這個方

向就是鳳梨島，如果是大橡樹號，出現在這裏也很正常。」

「船長，它不是要離開吧？」我走過去，擔心地問。

「不是，它靜止在那裏。」船長連忙説，隨後他把望遠鏡遞給了我，「我們距離那條船二十多公里，那條船距離鳳梨島一公里多，應該就是大橡樹號停在鳳梨島旁邊。」

我從望遠鏡中，看到了那條船，由於距離遠，看不清船的旗子和船首的名稱，但是我想那就是大橡樹號。張琳和西恩在我身邊，搶着要看那條船。

船長吩咐舵手，全速向那條船開去。飛馬號又向前開了幾公里，二副告訴大家，那條船就是大橡樹號，他已經看到大橡樹號的旗子了，那面藍色底子的旗子上，用白顏色畫了一個大橡樹的外形。

我們終於趕上了大橡樹號，都很興奮，接下來就是要如何盡量不驚動其他人的情況下，把加西亞帶

回去了。從現代社會穿越到這個時代，我們無法確定能精準地落在一條船上，而從這裏穿越回去，我們則可以在一條船或者鳳梨島上穿越，只要有一分鐘時間，我們在隱蔽處呼喚出穿越通道，對此我們也早有計劃。

「船長，大橡樹號動了。」二副繼續觀察着，「啊，他們好像要來迎接我們呢。」

「大橡樹號動了？」船長有些疑惑，連忙走到了觀察位，舉起望遠鏡看過去。

遠處，大橡樹號果然掉轉了船頭，迎着飛馬號的方向，慢慢地開了過來。船長有些遲疑，他看看二副。

「這是有什麼事嗎？迎着我們開過來了，他們可不知道我們要送凱文他們去找加西亞呀。」

「也許是沒有伴隨的船，看到我們很興奮。」二副回答道，「就開過來迎接我們了。」

「我想可能是想靠近些，看看我們是不是海盜

船。」船長看着前方，猜測道，「我們可不是海盜船。」

飛馬號全速前進，我和張琳、西恩都跑到駕駛室外的甲板上，扶着欄杆看着開過來的大橡樹號，現在不用借助望遠鏡，就可以看清大橡樹號了，它也是一艘三桅帆船。

不到一小時，飛馬號和加快了速度的大橡樹號距離只有幾公里遠了，我們都看見大橡樹號主桅杆上飄揚的旗子了。大橡樹號上的船頭，也有幾個人站着，看着我們。

「有沒有加西亞呀？」西恩借了一架望遠鏡，看着大橡樹號船頭的幾個人，「啊，他們也在用望遠鏡看我們呢。」

「加西亞不知道我們有線報消息，也不認識我們，看見我們不會跑的。」我平靜地説。

「看到沒有呀⋯⋯」張琳搶過望遠鏡，望向大橡樹號，「嗯，沒有，船頭這裏沒有⋯⋯」

大橡樹號和我們距離只有幾百米了，兩條船相向而行，距離幾百米的時候，都互相進行了航行規避，以免撞上。

「你們好——」奧古斯塔有些激動地站在一層甲板上的右舷，向大橡樹號上的水手招手，難怪，他以前就是這條船上的水手，「嗨——布拉尼——斯賓塞——」

大橡樹號的左舷上，幾個水手也向這邊招招手。

飛馬號船長叫舵手把速度放到最慢，大橡樹號則慢慢地靠了過來，兩船相距不到一百米。我們三個努力地看向大橡樹號，忽然，西恩碰了碰我。

「凱文，你看駕駛室那個人……」

我連忙向大橡樹號的駕駛室看去，剛才我還真是只顧着看甲板上的人了。大橡樹號的駕駛室，在觀察位，果然有個人的模樣和加西亞非常像，我又仔細看了看，他應該就是加西亞。

「就是他……」

我的話音未落，張琳突然叫了起來，她手指着大橡樹號的主桅杆，只見主桅杆上，藍色的大橡樹旗飛快地降下，一面黑底畫着白色骷髏頭的海盜旗急速升起。

「啊？」我驚叫起來。

轉瞬間，突然加速的大橡樹號就衝了過來，二、三十個手持短柄火槍的人從大橡樹號的艙室內衝出來，對着我們這邊一起開火，船頭的三個船員立即中彈倒地，慘叫聲響起。奧古斯塔本來站在船舷邊，一枚子彈打在船舷上，木屑橫飛，奧古斯塔嚇得連忙蹲下身子。

有人向我們射擊，我們也連忙蹲下，子彈「嗖、嗖」地從我們的頭頂飛過，打在駕駛室的外壁上。

大橡樹號和飛馬號很快就並排了，兩船相距不到二十米。「嗖、嗖、嗖──」，十幾條有鈎子的繩子拋過來，鈎子勾住了我們的船舷，大橡樹號上有

水手開始抓着繩子向我們的船滑過來。

「射擊——射擊——」船長和舵手被大橡樹號射過來的火力壓制在駕駛室，船長掏出了火槍，蹲在駕駛室的窗下，把火槍舉過頭頂，對着大橡樹號還擊。

眼看着大橡樹號上的水手都滑了過來，張琳拿出霹靂劍，彎腰躲避着子彈，衝到一個鈎子前，斬斷了一個鈎子。

這時，兩個水手已經滑了過來，跳到了我們的甲板上，西恩大喊一聲，衝過去，他冒着槍林彈雨站起身子，對着大橡樹號一揮手。

「防……」

西恩想拋出防禦弧，但是剛唸出一個字，一枚子彈當即就打中了他，西恩身子一歪，但是沒有倒下。

「……禦弧——」

西恩掙扎着說，一道弧線隨即被劃出，但是由於

是中彈後操作，西恩很是勉強，防禦弧的弧線長度短，力度小。這道小小的防禦弧飛過去，把四、五個大橡樹號上正在滑過來的水手推到了海裏。

西恩還想再拋出防禦弧，但是對面船隻射出密集的子彈，把他壓制住了。隨即，由於失血，西恩倒在了甲板上。我連忙彎腰衝上去，把西恩往船艙裏拖，身邊子彈橫飛，我也顧不了那麼多了。

兩個跳上我們船的大橡樹號的水手，一個舞動着手裏的長刀，一個揮着火藥槍，看到後續的同夥沒有跟上來，他倆也有點心慌。張琳和奧古斯塔衝上去，那個來到的傢伙一刀就砍上來，張琳的霹靂劍一揮，當即把他的刀打落在一邊。張琳上前一步，一腳踢過去，那傢伙飛了起來，越過船舷，掉進了大海。

「小路易士──」奧古斯塔舉着一枝長槍，衝向另外一個水手，顯然，奧古斯塔認識他，「你怎麼當了海盜？」

「別──別──奧古斯塔──」叫小路易士的水手慌忙退到甲板的角落，他的火藥手槍裝填一次很費時間，此時他的手槍裏沒有子彈。

奧古斯塔衝上前一步，用槍托重重地砸過去，小路易士慘叫一聲，倒在地上，暈了過去。

CHAPTER 4

小路易士

　　西恩已經被一個水手拖進船艙裏搶救了,我看到西恩是肩膀中彈,血一直地流。這時,在船艙裏的水手們紛紛拿着槍出來,各自在隱蔽的地方向對方射擊。大橡樹號上本來還有人想繼續滑過來,但是被飛馬號上的射擊所阻止。

　　兩條船之間,還有十幾條繩子相連,誰都動不了。張琳彎着身子,走過去用霹靂劍一一斬斷繩子。飛馬號擺脫了束縛,船體一彈,快速地脫離大橡樹號的威脅。

　　「加速,加速——」船長指揮着舵手,「快點離開它——」

　　舵手對着空心竹筒喊着操作指令,大航海時代的船隻都是以風為動力的,划漿作為輔助。操作指令通過竹筒傳遞到下層甲板裏的操作間,讓操作水手

們調整風帆或划動船槳。飛馬號的底層，十幾個水手按照指令用力地划槳，飛馬號快速衝了出去。兩船本來是相對而行的，大橡樹號此時掉頭追擊，應該是來不及了。

「轟——」大橡樹號左舷下的炮口，突然轟出一炮，炮彈平射過來，正中飛馬號左舷後方，飛馬號左舷被炸出一個大洞。

「轟——轟——」大橡樹號又射出兩枚炮彈，一枚擦着飛馬號的尾部飛了過去，另外一枚則正中飛馬號尾部，一聲爆炸將船尾的兩個水手震得飛了起來。

「船長，尾部進水——」駕駛室用竹筒做的話筒裏，傳來一個恐懼的喊聲。

「堵住——堵住——」船長對着話筒高喊着，隨即走到駕駛室後的窗戶，對船尾大喊，「反擊——反擊——」

飛馬號上的大副已經衝到船尾，他撤下船尾大炮

的帆布，另外一個水手連忙裝彈，另一個水手將大炮瞄準大橡樹號。

「轟——」的一聲，飛馬號尾部大炮射出一枚炮彈，準確命中大橡樹號的尾部，大橡樹號船尾的舷欄都被炸得飛了起來。

船長此時親自駕駛飛馬號，他先是向左猛擺輪舵，隨後又向右大力轉動輪舵，飛馬號的船身先是向左，隨後又向右，搖擺着前進。我們在船上全都站立不穩，緊緊地抓着可以抓到的任何固定物，防止自己被甩進大海。

「嗖——嗖——」大橡樹號又射出兩枚炮彈，不過由於飛馬號的劇烈搖擺，全部沒有打中。

「轟——」飛馬號在搖晃中，又射出一枚炮彈，炮彈本來是對着大橡樹號的駕駛室射擊的，但是搖晃中，炮彈飛高，不過正好打在大橡樹號的尾杆上，當即就炸斷了那根尾杆。大橡樹號正在掉頭，想追擊我們，尾杆被炸斷後，大橡樹號的速度

立即降了下來，航行方向也左右不定地搖擺起來。

　　「嗖——」大橡樹號此時改用船頭大炮轟擊，它射出的炮彈擦着飛馬號的船身飛了過去，落在飛馬號前面兩百多米的海面上，炸起一股巨大的水柱。

　　我們都圍攏在船尾，奧古斯塔和幾個水手用槍射擊，大橡樹號也有子彈飛來，但是威脅都不大。兩船相距越來越遠。飛馬號的尾部大炮持續發射，炮彈落在大橡樹號船身附近，大橡樹號也不停射擊，但隨着距離的拉開，雙方的轟擊都產生不了大的威脅了。

　　「船長——船長——」駕駛室的話筒傳來一個聲音，「船尾進水基本堵住了，左舷後方的損傷嚴重⋯⋯」

　　「詳細查明損傷後報告。」船長説着向身後看了看，駕駛室裏，能看到遠處越來越小的大橡樹號，他長出一口氣，「還好是船尾中彈，要是船頭中彈，我們就沉了⋯⋯」

遠處，大橡樹號似乎明白追不上我們，停船了。我們的船則繼續全速向前。

　　「殺回去——殺回去——」張琳大喊着，「它就一條船，我們憑什麼怕它……」

　　「船尾中了兩彈，損失不及時修補，一定會沉船的。」大副看了看張琳，我們只能先躲開它，把船修好。

　　我們的船一路向東航行，很快，大橡樹號用望遠鏡都看不到了。我和張琳進到艙室裏，那裏有一個醫療室，這次海戰中負傷的人，都在那裏救治。包括西恩在內，我們有七名船員受傷，其中三人傷勢較重，西恩算是比較輕的，我們進去的時候，他已經醒了，肩膀上纏着繃帶，一副有氣無力的樣子。

　　「擊沉大橡樹號了？」一見我們進來，西恩就急着問。

　　「沒有被它擊沉就算運氣好了。」張琳沒好氣地說，「大橡樹號剛才是偷襲，誰知道它怎麼變成海

盗船了。」

「被海盜劫持了吧？」西恩想了想，隨後搖搖頭，「不對，被海盜劫持了，旁邊應該還有那條海盜船，兩條船一起攻擊我們，可是只有大橡樹號。」

「這個先不管，奧古斯塔打暈了一個海盜，剛才我看到那個海盜被捆起來了，一問就知道原因了。」我看看西恩，「你的傷怎麼樣了？很疼嗎？」

「肩膀有個貫穿槍傷，不過放心，我們可是超能力者。」西恩壓低聲音說，「休養兩天就好了……嗯，我感覺停船了……」

飛馬號的確停船了，我們擺脫了大橡樹號的威脅，在茫茫的大西洋上下錨。只有安靜地停下來，維修隊的船員才能萬無一失地修補好船體受損部分。這次飛馬號被炸開了兩個大洞，尤其是船尾的大洞，有五分之一在水下部分。

我們離開醫療室，去駕駛室的時候，整條船都在

忙碌着。主桅杆之上，兩個水手在最高處的瞭望台看着遠方，唯恐大橡樹號追過來。

我和張琳來到船長室，船長詢問了西恩的傷情，他又是一番感激，説要不是我們的奮力抵抗，這條船已經被大橡樹號上的海盜佔領了，自己和所有水手的死活都是個問題。

奧古斯塔把被打暈的小路易士押進了船長室，小路易士早就醒了，奧古斯塔説小路易士以前還算是個不錯的孩子，不知道怎麼就當了海盜。

「你爸爸就在大橡樹號上當水手，都當到二副了，他老了，不幹了，你來這條船上接着幹，看不出來呀，你居然當了海盜……」奧古斯塔進了房間後就一直數落小路易士。

「你還説我，你不也是離開了大橡樹號嗎？」似乎看不到小路易士有一點悔意，他理直氣壯地頂撞奧古斯塔。

「我需要錢，我太太生病需要錢呢，大橡樹號快

破產了，一年不發薪水了，我當然要……」奧古斯塔揮着拳頭説。

「就你缺錢嗎？我們也一樣呀。」小路易士打斷奧古斯塔的話，「船長説他把船開回到西班牙就要去上吊，債主一定追着他要錢，這次來美洲，都是借錢進貨……告訴你，我們前兩天又被海盜攔住了，海盜都説我們是他們見過最窮的商船，什麼貨物都沒有，全是一羣張嘴等着吃的水手，臨走海盜還扔給我們幾個麵包……」

「你們被海盜搶了？」船長愣住了。

「是遇到了海盜，海盜沒搶我們任何東西，我們船上的大炮他們要是帶走，會讓他們的航速減少一半，我們那些槍他們也看不上。」小路易士比劃着説，「最後是他們給我們幾個麵包。」

「誰搶你的……」船長説着擺擺手，「你們遇到了哪條海盜船？」

「一瓶酒號。」

「這不重要。」奧古斯塔有些着急地先看了看船長，隨後瞪着小路易士，「你們怎麼變成海盜的？從港口啟航的時候，你們可都是規規矩矩的商船呀。」

「有個叫加西亞的新水手出的主意。」小路易士很是不在乎地説，「很多人離開的時候，他跑來了，説是只要讓他上船當水手，不要錢也可以，那我們的船長就收下他了。一瓶酒號放我們走以後，我們本來是要先去鳳梨島補充淡水的，加西亞就鼓動大家當海盜，船長不想回去就上吊，所以同意了，水手們也不想空着手回西班牙，大都也同意了，幾個不同意的，被我們狠揍，也就同意了。」

「加西亞，就是那個西恩的親戚，也是你們的親戚。」船長激動地看着我和張琳，「你們的親戚居然是這樣的人，要不是看到你們這樣幫忙，我……」

「我們是我們，我們又不是加西亞。」張琳沒

好氣地看着船長，「西恩可是為了這條船，都負傷了，他能和加西亞比嗎？」

「我也不是拿他和加西亞比……」船長意識到怪罪錯了對象，帶着歉意看着張琳，「我有點激動。」

「小路易士，你説得可真是輕鬆，好像當海盜就跟小孩玩過家家遊戲一樣。」奧古斯塔非常生氣地瞪着小路易士，「你們知道這是犯罪嗎？海盜被抓住是要被判絞刑的……」

「我管不了那麼多了，萬一抓不住呢？我就是要弄到錢，一瓶酒號上的海盜全都戴着金戒指……」小路易士還是理直氣壯地説。

「哇——哇——」奧古斯塔衝上去就打小路易士，小路易士抱着頭，躲避着。

我們把奧古斯塔拉開，大家看着小路易士的那個樣子，也都很生氣。

「我説怎麼看見加西亞在駕駛室裏呢。」張琳回

想着，「原來鼓動整條船的人當海盜後，還升官了呢。」

「他現在是我們船上的大副。」小路易士靠在牆角，插話説。

「歷史上加勒比海和加勒比外海區域，一些商船水手當海盜的事，或是整條船變成海盜船的事確實不少，這下給我們碰上了。」我看了看小路易士，對張琳説。

「什麼『歷史上』？」船長和奧古斯塔都疑惑地看着我。

「啊……沒什麼，我是説現在。」我連忙轉移話題，我看着小路易士，「你們到了鳳梨島後，就計劃搶劫嗎？」

「是，我們在鳳梨島正式成為海盜，還做了海盜旗，本來想回西班牙，也不回去了，我們要搶劫過往船隻，就在鳳梨島西面守着航道，你們恰好路過，船長就拿你們先練練手，熟悉一下海盜業務，

不過不太成功。」小路易士説着搖了搖頭，滿臉的無奈，「哎，看來幹什麼都難呀，都有風險的。」

「你們看見我們的船，直接衝過來，是怕我們跑了嗎？可我們當時不知道你們變成海盜了呀。」船長疑惑地問道。

「不是怕你們跑了，是怕和你們交戰的海域距離鳳梨島太近，如果你們船上有人落水，游到鳳梨島上藏起來，我們又抓不到，那麼我們變成海盜的事就可能傳出去，你知道鳳梨島比較大，有山還有密林。」小路易士還是一副無所謂的樣子，「我們要確保你們的水手即便落水，也游不到鳳梨島上去。」

「太狠毒了，你們是想看着我們落水的水手死去嗎？」船長非常生氣，他揮着拳頭，「你們以前也是商船水手，怎麼變成這樣……」

「加西亞的主意。」小路易士縮了縮身子，看到船長這樣生氣，他害怕船長打他，「全都是他的主

意，我們可想不到這些。」

「你們的那個好親戚——」船長轉身，看着我和張琳，不過隨即跺跺腳，「算了，和你們沒關係⋯⋯」

「本來和我們就沒什麼關係。」張琳也很生氣，「我們來就是要把他抓回去的⋯⋯」

「抓哪裏去？」船長一愣。

「啊，這個⋯⋯」我看了看船長，指了指小路易士，「沒什麼要問的了吧？先把他押下去。」

CHAPTER 5

新裝扮

　　船長叫奧古斯塔把小路易士押到船艙裏，關起來。小路易士被帶走後，我看看情緒激動的船長。

　　「現在怎麼辦？如果一直向北開，我們就能回到西班牙了。反正我們已經擺脫大橡樹號的糾纏了，不過別的船可不知道大橡樹號變成海盜船了。」

　　「我知道，但是良心不允許我們這麼做──」船長揮着手臂，「大橡樹號突然變成海盜，所有的商船防不勝防，剛才要是沒有你們，我們早就被搶個一乾二淨了，抵抗者會被他們殺掉──」

　　「很好，船長先生，我知道你不是那樣的人。」我很是敬佩船長，「我們不能只顧着自己跑，我們不能這樣放過這夥海盜──」

　　「對，我馬上安排，把我們的大炮都拉出來，擺上甲板，我們去和大橡樹號打一場海戰，我們要

炸沉它——」船長越説越激動，「沒錯，一場大海戰——」

「大橡樹號上的火炮也不少，我們衝過去，萬一被炸沉的是我們怎麽辦？」我提出一個疑問，「大橡樹號是沒有貨物的海盜船，速度比我們快，轉身比我們靈活，這從剛才的海戰都能看出來。」

「啊？」船長張大了嘴巴，愣在了那裏。

「所以不能蠻幹，要想辦法。」我認真地看着船長。

「凱文，你有什麽辦法？」張琳有些興奮地看着我。

「我有個辦法，也是剛剛想到的。」我有些嚴肅地環視着船長和張琳，「有點冒險，操作難度也比較大，但是應該試一試……」

「那你快説呀。」張琳很是着急地説。

「大橡樹號為什麽能接近我們？」我突然看看船長，問道。

「因為……」船長頓了頓，「我們不知道它變成海盜船了呀，我們還以為它是以前那艘大橡樹號呢。」

「沒錯，所以説它在演戲，在偽裝。」我點點頭，「如果我們也用這個招數，靠近他們，突然登上大橡樹號，那麼我們有準備，他們沒有準備，我們就能控制那條船。我們現在這樣過去，只能引發海戰，説不定會被大橡樹號擊沉。」

「怎麼靠近呀？你快説呀。」張琳還是那麼着急，她跳着腳説。

「一瓶酒號，就是前幾天要劫持我們的那條海盜船，你們都見過吧？我們兩條船的顏色外觀差不多，我們的飛馬號稍微小一些。」我比劃着説，「如果我們也演戲，我們把這條船的外觀塗裝成一瓶酒號的樣子，再升起一面海盜旗，這樣靠近大橡樹號，那麼大橡樹號一定以為又遇到了一瓶酒號，這會還算是同行了，一瓶酒號還曾給過他們一些麵

包，大橡樹號一定沒有戒心，而且巴不得向一瓶酒號討教海盜經驗呢。」

「哎呀，我們的分析大師，你總是有新奇的計劃，讓我暫時佩服你一會。」張琳欣喜地笑着說。

「分析……大師……」船長不停地點着頭，「很新奇的名字，很好的主意。」

「你贊同這個計劃？」我略微有些擔心地看着船長。

「那當然，這是我們巧妙地接近大橡樹號的辦法。」船長的語氣充滿了肯定，「我們就是要出其不意地跳到他們的船上去，教訓這羣新海盜，把他們都抓起來。」

「好的，船長先生。」我很是高興，指了指外面，「我們要再向東行駛幾十公里，離大橡樹號更遠，然後好好『打扮』一下，變成一瓶酒號。」

「凱文，大橡樹號不會遊蕩過來吧？」張琳突然有些不放心地問。

「不會的，首先他們以為我們逃往西班牙了，其次，他們要依靠着鳳梨島，那裏緊靠航線，商船會去島上補充淡水，這樣他們才能借機下手，就像對待我們那樣。」我果斷地説。

「那我們的行動也要快。」船長有些擔憂地説，「別的商船不知道他們變成海盜了……」

船長把水手們召集在船艙裏的餐廳，宣布了我的計劃，水手們都贊同這個計劃。船長立即命令飛馬號繼續向東行駛，行駛的過程中，水手們就開始趕製海盜旗，同時，另外一些水手準備好了油漆，他們要把船頭的名字塗改成「一瓶酒」，船身有些部位也要搭建得和一瓶酒號一致。我們的船和一瓶酒號交過手，大家都見到過一瓶酒號的樣子。

飛馬號又向東行駛了三十多公里，確保遠離大橡樹號。停船之後，飛馬號上放下了兩艘小艇，每艘小艇上有三個水手，划出去十公里，如果發現大橡樹號，他們能提前觀察到，並且立即通過施放煙火

報信。

　　飛馬號上，水手們忙碌起來，船頭兩側各有一個水手懸掛下去修改名稱，一瓶酒號的主瞭望台在二層艙室的上方而不是前方，水手們忙着在艙室上搭建一個瞭望台。我和張琳也幫着忙，休息了一段時間的西恩也吊着胳膊、纏着繃帶來到甲板上，他説自己的感覺好多了，船上的醫生很驚奇，和西恩一樣傷情的船員還都有氣無力地躺着呢。

　　臨近傍晚的時候，飛馬號改裝完畢，一艘「一瓶酒號」出現在海面上。派出去的兩條小艇也都划了回來，他們説遠遠望去，要不是事先知道「一瓶酒號」是飛馬號改裝的，還真是不敢開回來。

　　「一瓶酒號」沒有升起海盜旗，目前天色已晚，夜色間我們很難找到大橡樹號，我們要在這裏休息一個晚上，清晨的時候開去找大橡樹號。

　　晚上，大家繼續「改裝」，所有人的樣貌都要有個變化，變得更像是海盜，穿着上要顯得狂放不

羈，因為海盜都是這個樣子的，而商船水手大都規矩很多。張琳還做了十幾個眼罩，讓大家戴上，不過這誇張了一些，一條船上不可能有十幾個獨眼海盜的，最後只有二副自己戴上了眼罩。此外，奧古斯塔明天不能走出艙外，因為大橡樹號上的人都認識他。

第二天一早，天還沒亮，我們在海面的霧氣中就出發了。西恩休息了一晚上，還吃了藥，作為一個超能力者的他，已經恢復得很好了，只不過受傷的手臂還是要吊着繃帶。此時，他、我和張琳全都站在船頭，我們的造型也都很狂放，看上去就是三個小海盜。

船開了一會，天開始亮了，不過海面上的霧氣還沒散，我們看不清遠處的景象。我回頭看看二層駕駛室，船長在觀察位，對我點了點頭。

「從這裏開過去，一直開，就能到鳳梨島旁邊。」我指着前方，「大橡樹號一定在那裏等着劫

持路過的商船呢。」

「它可不要開到別處去。」西恩一直都不是很放心，「凱文，我們開到鳳梨島要多長時間？」

「還要開三個多小時，到那以後應該快中午了。」我說道，「不過，那時候海面上的霧應該散了。」

二副和兩個水手在我們身後，認真地操作着前甲板的主炮，如果出現什麼差錯，那又會有一場不可避免的炮戰了。

我們一直向前行駛着，又過了一個多小時，天完全亮了，海面上的霧氣基本上散盡，我們可以觀察到遠處的景物了。太陽出來後，天氣很好，碧藍的海水和藍天融為一體。我看着前方，希望早些發現大橡樹號，我們距離鳳梨島越來越近了，大橡樹號一定就在那附近。

「還沒看見呀。」西恩單手拿着一架望遠鏡，看着海面，「是不是去別的地方搶劫了？」

「鳳梨島上有淡水，守在這裏一定能等到商船來。」我其實也稍微有點焦急，眼前的海面一望無際，但是沒有任何船隻，更遠處，鳳梨島的外形若隱若現，「如果大橡樹號去別的海域，只有碰運氣才能找到別的船，還耗費他們的淡水和食物。」

「可是什麼都沒有呀。」西恩邊看邊説。

「船長——」我轉身走了兩步，望着二層觀察台上的船長，「如果鳳梨島這一面沒有，我們可以繞到另外一面去看看。」

「好的。」船長點了點頭，突然，他猛地指着前方，「那邊，那邊有個小黑點——」

「看到了，是一條船——」西恩大叫起來，他用望遠鏡看得更清楚，「三桅帆船……」

「是大橡樹號，它是靜止的。」船長用望遠鏡觀察，激動地説，「全體船員注意——發現大橡樹號——」

「噹——噹——噹——」一個水手跑到警報鐘旁

邊，用力地敲響了警報鐘。

我身邊的張琳，突然從口袋裏掏出一個眼罩，套在了眼睛上，遮擋住了左眼。

「一條船上哪有那麼多獨眼海盜……」我連忙說，想去制止張琳。

「海盜們見過我們的，那天交手，跑了一個海盜，爬回自己的船上去了。」張琳說道，她伸出手，把我的頭髮拉下來，「不能讓海盜看着我們眼熟，你也要把眼睛用頭髮擋住……」

全體船員都準備起來，二副跑過去，準備升起海盜旗，打扮成海盜模樣的水手拿着武器，守在甲板上。我們也準備了帶繩子的鈎子。奧古斯塔已經把大橡樹號的詳細構造告訴了大家，我們登上他們的船後，很快就能控制住大橡樹號。

距離大橡樹號越來越近了，大橡樹號還是懸掛着大橡樹的旗子。這時，二副已經升起了海盜旗。我們的「海盜船」飛速向大橡樹號撲過去，如果是商

船，大橡樹號早就有所行動，或是逃走，或是展開攻擊。不過大橡樹只是降下了大橡樹的旗子，同樣升起了一面海盜旗。

我們的船飛撲過去，距離大橡樹號只有一百米了，大橡樹號的甲板上站了十幾個人，向我們揮着手。他們真的把我們當成海盜船了，在那裏歡迎我們這些「同行」。

我們的船行駛到大橡樹號的旁邊，兩船的船頭方向一致，呈現出平行狀態，相距只有不到十米。大橡樹號的身後，大概一公里多，就是鳳梨島了。

「嗨，你們好——」大橡樹號上的一個水手揮着手，「薩利船長在不在呀，好久不見呀——」

「我們現在是朋友，你看，我們沒有跑，哈哈哈……」另外一個水手也很是諂媚地説。

「嗖——嗖——嗖——」我們的船上，有幾個水手把帶鈎子的繩子拋過去，拉住了大橡樹號。

「嗖——嗖——」大橡樹號那邊，也飛過來兩個

鈎子，勾住了我們的船，他們徹底沒看出來我們是假的海盜。

　　這時，大橡樹號上的船長從二層甲板上跑了下來，他看着我們，也是畢恭畢敬的。他指揮手下用力拉鈎子，我們這邊也一樣，大家一起用力，兩條船的船舷很快就靠在了一起。

CHAPTER 6

加西亞逃走了

　　我們船上的大副和二副站上船舷，率先跳到了大橡樹號上，隨後，我和張琳同幾個水手也跳了過去，兩個水手攙扶着西恩，也跳了過去。

　　「噢，仁慈的海盜……同行……」大橡樹號的船長還攙扶着我們登船，「我時刻思念着你們，請問最近開張了嗎？搶了幾條船？」

　　「你們……也當了海盜了？」大副説着看了看大橡樹號上升起的海盜旗。

　　「當得不好，勉強當，請多多指教。」船長繼續着一臉媚相，「開不了張呀，前些天差點開張……噢，那天差點搶到的飛馬號和你們的船差不多大呀……」

　　「什麼飛馬號？我們是一瓶酒號。」大副生氣地説。

「啊，知道，知道，一瓶酒號，上次你們的薩利船長還給了我們幾個麵包呢。」船長連忙説，「實在是窮呀，只能當海盜了，可是不熟悉海盜業務呀……」

這時，我們的船長帶着十幾個水手，也登上了大橡樹號，我們船的大部分水手，都上來了。上船後，我們的水手就利用大橡樹號上的人的鬆懈，刻意地來到炮位和駕駛室。

「那個……你們的大副，那個叫加西亞的，在哪裏？」我和張琳走近一個海盜，小聲問道。

「在下層甲板吃飯。」那個海盜説。

我看了看張琳，張琳點點頭，我們向船艙門走去，準備去下層甲板抓加西亞。

「上當啦——他們不是海盜——」一個聲音傳來，只見我們的飛馬號上，小路易士從船艙裏跑出來，隨即拚命向我們這邊揮手，「他們是來抓你們的——」

　　小路易士身後，跟出來一個看押他的船員，那個船員上去就撲向小路易士，小路易士一閃，向前跑了幾步，又向這邊大聲呼叫。

　　大橡樹號的船長和水手都愣住了，這時，我們也無法隱瞞了。我們的船長突然掏出槍，對準大橡樹號的船長。

　　「不許動——」

　　我們的船員紛紛動手，全都拿出了刀槍，壓制住了甲板上的那些海盜，海盜們全都很是驚慌，不過都順從地舉起了手。那邊，小路易士被追上，追上他的水手狠狠地把他打暈了。

　　「是不是有什麼誤會？」大橡樹號的船長嘻笑着看着我們的船長。

　　「沒有誤會。」船長瞪着他，「就是來抓你們這些海盜的……」

　　我和張琳帶着幾個水手準備進入船艙，甲板上有二十多個海盜，船艙裏應該還有七、八個。這時，

一個海盜突然猛地把我們看押他的水手一推，轉身就向船舷跑去，準備跳海逃跑。

「砰——」的一聲，水手開槍了。那個海盜的一隻腳已經跨出船舷，他背部中了一槍，翻倒在甲板上了。

甲板上一陣騷動，我們的船長對天連開兩槍。看着冒煙的槍口，海盜們頓時安靜了下來，有人瑟瑟發抖。

「我本來不想當海盜的，他們打我……」一個海盜可憐巴巴地說。

我揮揮手，我的手裏此時也握着一枝槍，張琳拿着霹靂劍，我們向艙門走去。

「咚——咚——」左舷那邊，突然傳出跳海聲。我心裏一驚，連忙向左舷跑去。

「有人跳海跑了——」我們的一個水手大喊着。

只見海面上，有五、六個人，拚命地向鳳梨島游

去。其中一個游得極快，我和張琳翻身上了船舷，跳進海裏。西恩的胳膊纏着繃帶，無法游泳，在甲板上急得直跳。

跳到海裏後，我和張琳快速地游動，很快，一人就抓住了一個海盜，水中的海盜還想抵抗，但是被我們輕鬆打暈。大橡樹號上，甲板上的海盜都被集中看押起來，我們的水手快速放下了一艘小艇，划過來幫助我們。我們把兩個被打暈的海盜放到小艇上，隨後去追另外幾個海盜，幾分鐘後，又有兩個海盜被我們抓住，還有一個海盜看我們追得快，放棄了潛逃，自己游到了小艇邊。

前方，距離鳳梨島的岸邊一百多米，最後一個海盜馬上就要游上岸了，我們距離他大概也有一百多米。我和張琳把抓住的兩個海盜弄到小艇上，返身下水，那個海盜速度極快，他已經在海裏站立着向岸邊跑了，緊鄰着岸邊，就有一片樹林。

「砰——砰——」小艇上，水手開槍了，兩顆子

彈打在海盜身邊，海盜躬着身子，快速跑到岸邊。
小艇在海裏晃動着，影響了水手的射擊。

　　海盜跑到了岸邊，隨後大跨步鑽進了岸邊的樹
林，小艇上的水手又開了一槍，子彈打在一棵樹的
樹幹上。海盜鑽進樹林後，不見了，我們的船也划
到了岸邊，看着這個面積比芒果島大十幾倍的鳳梨
島，我們都感到很無奈，鳳梨島上還有兩座小山，
山上和小山之間，全是茂密的樹林。

　　「跑得那麼快，沒有超能力是做不到的。」我看
着遠處的樹林，又看了看小艇上押着的幾個海盜，
「不用問了，跑進樹林的就是加西亞。」

　　「是加西亞，就是他。」一個海盜抬頭看看
我説。

　　「你們怎麼會突然逃跑的？」我問那個海盜，
「聽到槍聲了？」

　　「是的。下層的餐廳小，我們輪流吃午飯，我們
剛開始吃午飯，看到你們的船，大家準備動手，後

來看清是一瓶酒號，大家都放鬆下來。」海盜很是巴結地看着我，剛才他逃跑時，我把他的頭都打腫了，「我們繼續吃午飯，船長接待你們，後來聽到有喊聲，説你們是抓海盜的，還有槍聲，大副説槍聲響成一片我們就去增援，要是零星響幾下，我們就開窗跳水逃跑，因為船隻一定被佔領了。」

「好狡猾的加西亞。」我憤憤地説。

「凱文，現在怎麼辦？」張琳着急地問道。

「先把他們押送回去。」我指了指那幾個海盜，「我們這些人，搜這個島，很難呀，這個島太大了⋯⋯」

我們的小艇開了回去，上了大橡樹號後，船長告訴我們，已經把船上的海盜都關在了底艙。其實剛才船艙裏還有兩個人，本來就不想當海盜，其他人逃跑的時候，他們也沒跟着跑，這樣的人一共有八個，已經被甄別出來，恢復了水手身分。

小路易士也已經和那些海盜關在了一起，他本來

也是被關在下層艙室的，有一個水手看押他，但是那裏有小圓窗，他從看押自己的水手那裏打探到我們偽裝成一瓶酒號的情況，剛才大家紛紛登上大橡樹號，他打了那個水手兩拳，跑上甲板報信，這個傢伙看來是死心塌地的要當海盜。

我告訴船長，加西亞跑進了鳳梨島上的樹林裏，船長很是驚訝，這也是他擔心的，目前我們有了兩條船，還有二十多個俘虜要專人看押，我們的人手無法對鳳梨島進行拉網搜索。這些我當然都知道，我建議先把兩條船靠岸，我們派員登島，即便知道搜索結果無望，也不能就這麼放棄。

「我知道，剛才我又審問了那些傢伙，那個加西亞是主謀，好好的一條商船變成海盜船，全是他在搗鬼。」船長一臉憤怒，「當然不能放過他，一定要抓住他。」

「先靠岸吧。」我看着不遠處的鳳梨島，安靜的鳳梨島是一片湛藍中的一抹綠色，「好在他就在島

上，沒有船，他根本跑不出這個島的。」

　　我們的兩條船，開到了鳳梨島旁，在岸邊兩百米處下錨停船，兩條船都各放下小艇，一共有二十個水手，包括我、張琳和西恩，一起登上了鳳梨島。領隊的奧古斯塔，他多次來過這個島。

　　上岸後，我們在海邊一處空地搭了幾個帳篷，組建了一個營地。隨後，奧古斯塔帶着我們向鳳梨島更深入的地帶進發，我並不覺得這次進發就能抓到加西亞，他完全可以察覺到我們靠近就躲開，畢竟我們在明處，他在暗處。但是我們要實地了解這個島的地形情況，看看怎麼樣才能抓到加西亞。

　　「奧古斯塔，你說我們守在水源處怎麼樣？加西亞總要去喝水吧。」西恩邊走邊問，「那些商船停在這個島旁，不就是為了取淡水嗎？」

　　「不一樣呀，和芒果島完全不一樣……」奧古斯塔聳聳肩，「等一下，你馬上就知道了。」

　　我們又向前走了一百多米，眼前出現了一個一百多平方米的湖，湖的西端，是一條一米寬的小溪。

　　「這是一個取淡水的湖，這樣的湖，島上有七、八個。關鍵是湖裏的淡水是小溪灌進來的，小溪是從島上最高的山上的一個大湖裏流下來的，也就是説，這一路上的溪水都是淡水，加西亞可以在任意一個地方喝到淡水，我們無法掌控水源。」

　　奧古斯塔的解釋，讓我們全都明白了。我問他，沿着小溪是否就能走到山頂上，答案是肯定的。我決定去山頂上看一看，這個島有兩座山，最高的山被稱作大鳳梨山，矮一些的叫小鳳梨山。我們沿着小溪，開始向大鳳梨山前進，兩座山都不陡峭，路比較好走，山間的林木茂盛，但路面的樹枝很少，奧古斯塔説雨季的時候有山洪下來，把樹枝都沖到海裏去了。

　　很快，我們就來到了大鳳梨山的山頂，那裏果

然有一個大湖，面積足有一平方公里，而且湖水看上去比較深。我推斷這個湖其實是一座死火山的山口。大鳳梨山的山頂是一個大平台，也有很多樹木。

我們來到山頂最高處，看到了南面海岸邊的飛馬號和大橡樹號，兩條船靜靜地停在海岸邊。

「我們能看到船，加西亞也能看到。」張琳說着向身邊的樹林看了看，「只要船不開走，他就會一直在這裏隱身，我剛才看到了，島上不僅有淡水，樹上還有麵包果，海岸邊還可以抓魚，他在這個島上生存下去是沒問題的。」

「我們要是走了，他會找機會乘搭別的前來取水的商船跑掉的。」西恩說，忽然，他皺皺眉，「啊，他會不會已經穿越走了……」

「不會，你忘了嗎？他穿越能力有限，來到這個時代很難穿越走，他接到的指令就是留在這個時代當水手。」我隨口說，都沒有留意到身邊還有一個

不明就裏的奧古斯塔，「這都是線人交待的。」

「西恩，你是不是腦袋也受傷了？」張琳看看西恩，問道。

「喂，你們在說什麼，什麼穿越？」奧古斯塔叫了起來，「你們三個來歷不明的傢伙，一直神神秘秘的。」

「我們……」我這才意識到奧古斯塔並不是我們那個時代的人，很多時候我們融入到穿越時代，會忘了自己的身分，可是又無法向所處時代的人解釋，「奧古斯塔，無論如何，我們是來幫你們的，這點才重要。」

「噢，我當然知道，我非常感謝，可是你們不能告訴我是從西班牙哪裏來的？要到西班牙的哪裏去嗎？」奧古斯塔很是渴望地說。

「馬德里……」西恩看看奧古斯塔，「可以嗎？」

「哇，你們是從馬德里來的嗎？」奧古斯塔大叫

起來，「我還以為是畢爾巴鄂。」

　　「那就當我們是從畢爾巴鄂來吧。」西恩連連點頭。

　　奧古斯塔差點暈過去，我和張琳都很是無奈，西恩的回答令人意想不到。奧古斯塔也不再問了，他有點生氣的樣子，回到營地之前，他一直走在前面，不和我們説話。

奪船戰

　　回到了營地，船長也帶着幾個人來到營地。我和船長說了一下剛才觀察的情況。派出全體人員拉網式搜索的確不可能了，人手不足，島的面積大，派出搜索小隊在島上找加西亞，似乎又是在碰運氣，可能完全是徒勞的。船長也沒什麼好辦法，不過現在靠岸了，飛馬號正好借這個機會，徹底修復一下前幾天和一瓶酒號海戰時造成的船身損傷，前些天的修補是臨時的，到西班牙的路程還很長，鳳梨島上有很多上好的木材，正好修理船身，另外，大橡樹號也要進行維修。

　　已經是傍晚了，船長和大副指揮着十幾個水手在樹林裏伐木，兩個水手在營地旁邊放哨警戒，我們還擔心遭到加西亞的偷襲呢。

　　我和張琳、西恩又去走加西亞剛才逃進樹林的路

線，海灘上有加西亞的腳印，但是進到樹林裏後，我們只找到幾個不清晰的腳印，樹林深處，因為很久沒有下雨的原因，地面很乾燥，還有些硬，根本就找不到其他腳印了。

「我們有兩艘船，船上都有大炮，可以架上大炮向樹林裏轟擊，把加西亞嚇出來。」西恩急着想了一個辦法。

「你又不是分析大師，你現在是負傷大師。」張琳有些嘲諷地說，「你一定被炮彈炸暈了腦袋，大炮轟擊樹林，你知道加西亞在哪裏嗎？再說，萬一真的把他炸死了呢？我們可是要抓活的回去。」

「算我沒說，算我沒說。」西恩擺着手，隨後看看我，「凱文，你說這個加西亞不知道我們是穿越過來抓他的吧？」

「應該還不知道，我們至今沒有暴露身分。」我想了想說，「這不重要，無論是船長他們，還是我們，對加西亞來說，都是要抓他，他在現代加入毒

狼犯罪集團，在這個時代當海盜，誰都要抓他。」

「這個加西亞，到哪裏都是個壞傢伙。」張琳看看我倆，「不過呢，他要是安安穩穩地偽裝成水手，我們還真是不好找他。」

「現在也不好找呀。」我很是憂心地看着遠處的密林，「他就在裏面，但是不知道究竟在哪裏。」

「這可怎麼辦呀？」西恩一臉的焦急，「現在連你這個分析大師都沒有辦法了，抓也抓不到他，總不能讓他自己走出這片森林吧。」

「自己走出來……」我回頭看向岸邊，透過這裏相對稀疏的樹木，可以看到飛馬號和大橡樹號靜靜地停靠在海邊，最後一抹晚霞把兩艘船映射成了橘紅色，「這倒是……一個辦法……」

「凱文，你説什麼？」張琳和西恩一起問道。

「等一下。」我擺了擺手，我是分析大師，一個特別的計劃正在我的腦子裏形成，雖然還不夠完善，但是我正在組織整理這個計劃。

張琳和西恩有些激動但又手足無措地看着我。我擺動的手停在了半空中，計劃飛速地形成。我滿意地笑了笑。

　　「走，我們去找船長。」我忽然對張琳和西恩說，「現在天黑了，明天我們就要忙起來了。」

　　我一邊走，一邊向他們兩人說出了新的計劃，他們都很興奮。回到營地的時候，船長他們正在往船上運木材，我拉住船長，告訴了他我的計劃，他開始是非常震驚，隨後連連表示同意，我的計劃打動了他。

　　晚上，兩條船燈火通明，全部投入到船身修補加固的工作中，凌晨過後，兩船上的聲音才平息下來。我們在鳳梨島的岸邊營地也留了幾個人，他們監控着身邊的密林。

　　第二天早上，天色大亮之後，休息了一晚的水手們，開始恢復了活動。飛馬號上的塗裝還是一瓶酒號，船員們顯然是沒有着急恢復飛馬號的本來面

貌。不過大橡樹號早就降下了海盜旗，那面大橡樹的旗子迎風飄盪着。

鳳梨島上的幾個水手，收起了帳篷，熄滅了篝火，划着小船來到了飛馬號上。早上十點多，飛馬號忽然啟航，向西南面的美洲方向開去，它越開越遠，不到一個小時，完全消失在了人們的視線裏。

我、張琳和西恩都在大橡樹號上。我們起來得比較晚，來到甲板上的時候，飛馬號已經完全看不見了。

我們站在船舷邊，很是悠閒。飛馬號的船長，現在也兼任大橡樹號的船長，在二層的駕駛室，扶着欄杆，同樣很是悠閒。

「砰——砰——砰——」一陣槍聲，從船艙裏傳了出來，隨即是船艙裏的廝殺聲。二層甲板上的船長一驚，隨即掏出槍，向駕駛室跑去，那裏有一條樓梯通道，可以直接下到下面的甲板和內艙。

「砰——砰——砰——」船艙裏的槍聲不斷，廝

殺聲此起彼伏。那槍聲扣人心弦，本來海面就一片平靜而空曠，那槍聲傳得很遠。

我們三個躲在前甲板一艘小艇後面，看着船艙那邊。這時，兩個原來飛馬號上的水手驚慌失措地從船艙裏跑出來，「砰──」的一槍，跑在後面那個水手中彈，慘叫着倒在地上，另外一個水手跑到船舷邊，站上船舷要往海裏跳。這時，一個大橡樹號上的水手舉着槍追了出來，對着站在船舷上的水手就是一槍，那個水手中彈後翻落進海裏，濺起一大團浪花。

「砰──砰──砰──」船長和飛馬號上的大副和二副從駕駛室鑽了出來，大副舉槍對着駕駛室樓梯口連連射擊，船長和二副則跑到了駕駛室外的平台上。這時，從一層前甲板通道和後甲板通道裏，鑽出來五、六個舉着槍的大橡樹號水手，他們包圍了二層平台，舉槍向船長和二副射擊。船長和二副蹲下身子，也開始對那些船員射擊。甲板上頓時變

成了激烈的槍戰戰場，連連的槍聲響徹天空。

「啊——」的一聲慘叫，把守着二樓樓梯口的大副中彈，倒在了地上，槍飛出去幾米。樓梯口很快就鑽出來兩個大橡樹號的水手，他們衝出了駕駛室，來到平台上，守着平台的船長和二副腹背受敵，船長站起了身子，對着那兩個水手就是一槍，兩個水手一躲，船長沒有打中。這時，一層甲板上的一個水手瞄準船長開了一槍，船長當即被打中，倒在了平台上。

「投降——我投降——」二副扔了槍，高舉起雙手。

一個大橡樹號上的水手衝上來，對着二副就是一槍，二副倒在了地上，身上的血流了出來。

「噢——噢——噢——」大橡樹號一層和二層甲板上，歡呼聲響成了一片，隨後，又有兩個水手從船艙裏鑽出來，他們手裏都揮舞着刀斧，加入到歡呼之中。

一個水手來到主桅杆下，很快，大橡樹號的旗子降了下來，一面黑色的骷髏海盜旗升了起來，人們對着那面海盜旗歡呼着。

　　「轟——」兩個水手對着遠處的海面，用前甲板上的主炮開了一炮，炮彈落在海中爆炸，掀起一股水柱。

　　「噢——噢——噢——」水手們的歡呼聲更大了。那面海盜旗，則拚命地在主桅杆上擺動着。

　　「嗨——嗨——」鳳梨島的海岸邊，有個人手舞足蹈地從樹林裏衝了出來，他歡呼雀躍着，對着大橡樹號拚命地揮手。這個人就是加西亞。

　　「嗨——大副——」一個水手聽到了海岸邊的喊聲，也看到了加西亞，他也激動地揮着手，「我們奪回了大橡樹號——」

　　「嗨—— 嗨——」加西亞激動地大聲喊着，「快把我帶過去——」

　　「大副——稍等——」那個水手連忙喊道。

　　很快，一條小艇就從大橡樹號上放了下來，小艇上有三個水手，他們快速地把小艇划向了岸邊，加西亞興奮地在岸邊走來走去。小艇來到岸邊，加西亞在水手的攙扶下上了船。

　　「好樣的，你們、你們怎麼搶回船的？」加西亞一上船就問。

　　「那夥搶佔我們船的人昨晚把貨物都運到我們船上了，說再去美洲運一批貨來，然後一起回西班牙。」水手解釋說，「他們留下看押我們的人不多，今天奧古斯塔他們開着那條船走了以後，我們就反抗了，搶回了我們的船，我們又是海盜了。」

　　「哈哈，前些天你還不願意當海盜呢。」加西亞大笑起來，「當海盜多好，不那麼辛苦，來錢也快呀。」

　　「誰說不是呢？」一個水手立即笑着說，「啊，我們的船長剛才槍戰的時候被打死了，我看您今後就是我們的船長了。」

「啊，是嗎？」加西亞兩眼放光，「可真是不幸呀。」

「剛才的槍戰很混亂，我們死了好多個兄弟呢。」水手說道。

「噢，真不幸……嗨，我說，別用槍口對着我。」加西亞突然對另外一個水手說，「走火怎麼辦？我說，你不用那麼緊張……」

小艇很快就划到了大橡樹號下，大家托舉着加西亞，讓他第一個爬上了船，上船後的加西亞興高采烈。

「這傢伙果然自己走出來了。」西恩說着向加西亞走去，我和張琳在西恩的一左一右。

「大家好，你們很厲害，搶回了我的船，我現在是船長了吧，哈哈哈……」加西亞上船後就對圍上來的那幾個水手說，他指了指其中一個，「嗨，德里歐，前幾天你也不同意當海盜，現在可不一樣了……」

　　大家圍向船舷這裏，小艇上的一個水手爬上來後，也瞪着加西亞。加西亞感覺到了什麼不對，忽然，他看到了我們三個。

　　「嗨，這三個孩子，哪裏來的？我們的船上什麼時候有這三個孩子的？」

　　「加西亞，你鼓動商船變成海盜船，搶劫過往船隻，你將為你的海盜行為付出代價——」我上前一步，抓住了加西亞的胳膊。

　　「啊——」加西亞一愣，「你們——」

　　所有水手，都舉槍對着加西亞。

　　「我、我——」加西亞用力想擺脫我，但是我死死地抓着他，他根本就掙不脫。

　　一切都是我的策劃。西恩那句「加西亞自己走出來」提醒了我。既然我們把飛馬號塗裝成一瓶酒號，演戲迷惑大橡樹號上的海盜，能演一次，也就能演兩次。

　　早上的時候，飛馬號的確在奧古斯塔的指揮下

開走了，開到幾十公里外的地方等着我們，鳳梨島上任何位置都看不到。飛馬號帶走了那些被抓住的海盜，留在大橡樹號上的，都是經過甄別，被強迫當海盜的八個水手，他們配合我們演戲。槍戰就是演給鳳梨島上的加西亞看的，一陣密集的槍聲，絕對能把躲避着的加西亞吸引出來看個究竟，接下來就是一場「奪船」槍戰，槍戰的結果就是飛馬號船長等都被「擊斃」，海盜們奪回了大橡樹號，並恢復成海盜船。加西亞本來就認識那八個奪船「海盜」，看到船被搶了回來，當然深信不疑，於是結束了逃亡狀態，自己跑了出來。

被「擊斃」的船長、大副和二副此時也走了過來，他們倒地流血，全都是事先準備好的道具。加西亞完全明白自己上當了。他掙脫不開我，揮拳向我打來，我迎着他的拳頭上去就抓住了他的手腕，加西亞是個超能力者，力氣要比一般水手大很多，不過他被我輕鬆抓住手腕，非常吃驚。

　　張琳上來就抓住加西亞的另一隻手，加西亞用力掙脫，但是根本沒用，他很是吃驚自己被一個女孩抓住，不過他隨即明白過來。

　　「你們……特種警察……」

　　「我們是誰不重要，重要的是你被抓住了。」西恩扔了一根繩子過來，張琳用繩子把加西亞牢牢捆住。

　　「西恩，你看我們要把你的親戚關到哪裏去？是底艙還是水手艙？」船長走上來問，他一直認為加西亞是西恩的親戚。

　　「他不是……」西恩一字一句地說，不過他隨即反應過來，「哪裏都行，但是起碼要兩個人看着他，小心他跑了。」

CHAPTER 8

前往匯合點

　　抓到了加西亞，按照計劃，我們應該在船上立即穿越回去，但是因為種種的原因，我們還要在船上停留一些時間。一是我們要看到大橡樹號和飛馬號安全地重新聚集，然後一起駛向西班牙。二是我們也想和奧古斯塔告個別。另外，西恩的胳膊已經恢復得很好了，但還是有一點不自如，而穿越回去的時候，我們要手挽手，抗拒巨大的穿越衝擊力，我們想西恩再休養一些時間，徹底恢復後，我們再穿越回去。

　　西恩和二副帶着兩個水手，把加西亞押向船艙裏關押。我和船長商議，此時就啟航，前往西南方向，和飛馬號匯合。昨晚兩船都進行了再次的休整，完全牢固了，淡水也補充了很多。現在，幾十公里外的飛馬號一定正在焦急地等待着消息呢。

　　大橡樹號啟航，向西南方向行進。這一天的天氣很好，碧海藍天，如同我們此時的心情。順利抓到了加西亞，而且沒有任何損傷，我們這次的任務基本完成了，我一直想着最後該怎麼向船長和奧古斯塔他們解釋，兩船匯合後，用不了多久，我們就要帶着加西亞穿越回去了。

　　因為擔心加西亞在鳳梨島的山上觀察到飛馬號沒有走遠，所以按照計劃，飛馬號早上開出去很遠等消息，預計匯合的時間要到傍晚了。開船後，船長不斷地看着海圖和航行指示儀器，海面上此時只有身後的鳳梨島算是參照物，其他都是平坦的海面，沒有任何參照指引方向的功能，船長擔心和飛馬號錯過了匯合地點。

　　張琳強令西恩在房間裏休息，儘快恢復傷口。船開出去一個小時，身後的鳳梨島已經是依稀能見了。我和張琳站在船頭，看着前方，幾隻海鳥匆匆從我們的船頭略過，向鳳梨島方向飛去。

海面上忽然起了一些風浪，剛才的碧海藍天也不見了，船身開始大幅度搖晃起來，我和張琳都有些暈船的感覺，連忙回到艙內。

　　大橡樹號顛簸着前進，前面突然有了暴風雨，海面一片灰暗，大橡樹號的船身一會揚起，一會跌下。我們在船艙裏，緊緊地抓着扶手，不知道這場風雨什麼時候才能過去。

　　船長在駕駛室指揮着水手，他的經驗豐富，知道如何應對暴風雨。大橡樹號升起的大橡樹旗被雨水淋濕，重重地垂下了。這樣前進了兩個小時，終於，我們像是開出了風暴區，雨小了很多，風也基本上停了。

　　我和張琳來到駕駛室的時候，海面更加平穩了，天空還有雲層，但是比較稀薄，比起剛才的昏天昏地，海面上明亮很多了，儘管前方還有些淡淡的霧氣。

　　「很難受吧？」船長看到我們進來，關切地

問，他已經安穩地坐在椅子上，船隻由一名水手駕駛，「這種風暴來得快，去得也快，而且我們在風暴區的邊緣地帶，放心吧，已經過去了。」

「那今後你們回西班牙，這種風暴還是會遇上吧？」我很是擔憂地問。

「那當然，比這更大的都能遇到。」船長有些不在乎地説，「那還能怎麼辦呢？這就是我們水手的生活呀。」

「這可真是充滿挑戰，充滿危險。」我感慨地説，「風暴，還有海盜……」

「現在雖然基本上風平浪靜了，但是我擔心有些偏離航線。」船長忽然説道，「剛才海面一片昏暗，沒有任何參照物，僅僅靠羅盤和航海儀，我感覺……」

「那怎麼辦？」張琳急着問，我們都知道這個時代的儀器和現代無法比擬。

「沒關係，最多花些時間，在匯合區域多找幾

圈。」船長有些安慰地説，「大的方向沒有錯，這就沒有大問題。」

「那就好。」張琳長出一口氣，她很是擔心我們找不到飛馬號，這也是我們一定要看到兩船安全匯合的原因。

不到一小時就要到達匯合區域了，前方海面已經平穩很多了，大橡樹號只有輕微的搖晃，不過能見度不如剛剛開出鳳梨島時好。我和張琳來到船首，仔細地看着遠方，希望能發現飛馬號。近距離的能見度非常好，但是遠距離觀察，海面還是有一些霧氣。

大橡樹號繼續前進，又過了一會，西恩從船艙裏走了出來，他也來到了船首。

「怎麼樣了？你又休息了好幾個小時。」我問道。

「剛才可真是搖晃呀。」西恩有些抱怨地説，「不過現在好了，我的感覺也好多了，我可以拿下

這個繃帶了。」

「先戴着。」張琳連忙制止，「完全好了再摘下來。」

「我感覺已經完全好了。」西恩聳聳肩，「真的……」

「我説，前面……」我忽然打斷了他倆，因為我看到前面的迷霧中，有一個小小的黑點，若隱若現的，「是飛馬號嗎？」

張琳和西恩連忙看向前方，的確，他們也看到了那個黑點。這裏本來距離匯合地點就很近了，或者説已經進入了匯合地點區域，看到飛馬號也很正常。

二樓觀察平台上，船長用望遠鏡看着前方，我們都回頭看着船長。

「應該是飛馬號。」船長看看我們，他很是高興，「看來我們的方向沒有偏離。」

「太好了──」張琳歡呼地説，「這下好了，就

108

要看到奧古斯塔他們了，不知道他們有沒有經歷剛才那場風暴。」

大橡樹號加快了速度，向飛馬號開去。兩船越來越近，我們也看清了那條船，那就是飛馬號。不過也許是因為連續的忙碌，飛馬號還沒有來得及塗抹掉船頭「一瓶酒」的字樣，只是沒有升起海盜旗。剛才他們應該有幾個小時能抹掉那個海盜船的字樣，但是也許是因為暴風雨的原因，無法在風暴中工作。

飛馬號明顯也看到了我們，它掉轉了船身，向我們駛來。

「停船，停船——」船長對駕駛的水手說，「等它靠過來。」

我們匯合後一起要向東北方向的西班牙前進，所以我們此時就不用再向西南開了。飛馬號越來越近了，西恩向飛馬號開始招手。

「奧古斯塔——奧古斯塔——」

「飛馬號——奧古斯塔——」張琳也用力地揮手。

飛馬號的甲板上，站了不少人，由於距離還遠，我們都看不清楚，不過那些人似乎有些冷淡，並不回應我們，只是在那裏看着我們。

「奧古斯塔不在嗎？」張琳放下了手，疑惑地看着前面的船。

飛馬號距離我們只有不到兩百米了，船首那些人的面孔，開始清晰襲來，但是我們發現，沒有一個人是我們認識的。

「船長老大——」飛馬號上的一個人忽然大叫起來，他也看清了我們，「那三個孩子，就是上次把我打下水的孩子，啊，他們搶走了大橡樹號——」

「沒錯，就是他們——」另一個水手跟着高喊。

我們頓時明白過來，前面的不是飛馬號，而是真正的一瓶酒號海盜船。一瓶酒號上的海盜們看到大

橡樹號，原本也不想搶劫，僅僅是靠過來說話，因為他們知道，大橡樹號沒有任何東西可以搶，但是海盜們認出我們三個來，情況就完全變了。

「炸沉他們——」一瓶酒號上傳出一個聲嘶力竭的吼聲。

我們還在不知所措之時，一瓶酒號已經開始轉身，用右舷對着我們，同時，一瓶酒號的主桅杆上，海盜旗快速升了起來。

「左滿舵，左滿舵——」大橡樹號上，船長明白了一瓶酒號的意圖，它是要用右舷的三門大炮轟擊我們，這樣比船首一門大炮轟擊力度大很多，船長要掉轉船身，保持船首對着它們，減少受攻擊的面積。

我們三個全部跑向身後的主炮，一場海戰是不可避免了。這時，大副也從二層甲板上跳下來，奔向大炮。

眼看着一瓶酒號就要轉動船身，用側面對準了我

們，三個黑洞洞的側身炮口很是危險。我們的大橡樹號，因為水手都被調集到了飛馬號上，操作船身的人少，轉動速度很慢。

大橡樹號的船頭轉動慢，但是我們不能讓大炮偏離攻擊方向，我和張琳轉動炮身，大副把一枚炮彈撞進炮口，西恩準備着，擦燃了點火火繩。

「找掩護——」二層平台上，船長忽然大喊着，他透過對面海盜船下層甲板的射擊口，看到了點火火繩的亮光了。

「砰——砰——砰——」海盜船船身側面的三門大炮一起開火，三發炮彈對着距離不到二百米的我們就直射過來。

「嗖——」的一聲，一枚炮彈擦着我們的頭頂飛了過去，我們都驚呆了。

「轟——轟——」兩聲巨大的爆炸聲在大橡樹號上響起，大橡樹號的駕駛室被炸中，駕駛室當即飛上了天。另外一枚炮彈打在大橡樹號的尾部桅杆

上，桅杆當即被炸斷，大橡樹號上木塊木板橫飛，一片狼藉。

船長事先趴在了平台上，他被氣浪推到一層的甲板上，差點被摔暈過去。

「砰——」西恩趴在地上，伸手點燃了引線，一枚炮彈對着一瓶酒號就射了過去。

「轟——」一瓶酒號的前桅杆中彈，當即被炸成兩截。

「撤——撤——」我們的船長掙扎着爬起來，看了看我們，「你們繼續攻擊，我去下面操作——」

船長跑進了船艙，大橡樹號的駕駛室被摧毀了，目前只能靠最下層的水手划槳。我們的船頭此時對着一瓶酒號的船身，一瓶酒號前桅杆處中彈後還着了火，此時也有些忙亂，有人在救火，有人在甲板上跑來跑去的，調控另外兩根桅杆。

大橡樹號底層水手拚命划槳，大橡樹號在倒退，兩船又拉開了一百米的距離，相距將近三百米

了。但是一瓶酒號調轉了一下船頭，向我們這邊靠過來。

「砰——砰——砰——」一瓶酒號再次開炮，三發炮彈呼嘯着飛來，兩枚擦着大橡樹號的左右船身飛過去，一枚直接打在大橡樹號的船頭，「轟——」的一聲，大橡樹號船頭的上半部分飛上了天。

我們幾個趴在甲板上，落下來的木板碎塊砸在我們身上，有一個水手絕望地從船艙裏跑出來，舉槍對着一瓶酒號射擊。

「來呀，炸沉我們吧——」水手邊射擊邊憤怒地大喊，「我們決不投降——」

大副爬起來，又往炮口裏裝了一枚炮彈，我和張琳努力地調整着炮身，這一炮我們一定要命中，由於距離遠，西恩和張琳的攻擊都是無效的，我們只有依靠這門大炮了。

「打他們的駕駛室。」大副指着前方，大聲地

喊道。

「砰——」西恩點燃了火繩，我們的大炮射出一枚炮彈。「轟——」的一聲，遠處，一瓶酒號的駕駛室一片煙霧，煙霧散開後，我們看到，它的駕駛室被炸塌了一小半。

「好——好——」我們那個絕望地射擊的水手高喊着。

「轟——」的一聲巨響，水手被炸起來三米多，隨即落在甲板上。一瓶酒號的前主炮開炮了，炮彈炸中了我們的左舷，左舷被炸開一個大洞。

大副衝過去，扶起那個水手，用力搖晃着，那個水手昏迷着，頭上有血流了下來。

「退呀——退——」大副大喊着，恨不得能讓最下層的船長他們聽見。

CHAPTER 9

海面穿越

　　大橡樹號的確在後退，但是速度很慢，我們要撤出一瓶酒號最有效的攻擊範圍。一瓶酒號中了兩炮，速度也有所減慢，但是它仍舊撲過來，它的火炮多，火力強大，大橡樹號和它對攻，被擊沉只是早晚的事。

　　「張琳——西恩——」我望着衝過來的一瓶酒號，他們一定在進行新的裝彈，下一次的齊射馬上就要襲來，我對張琳和西恩招招手，「儲藏室裏有幾桶防潮用的石灰，全都搬上來，有大用處——」

　　張琳和西恩也沒問為什麼，跟着我就向儲藏室跑去。大副一個人把一枚炮彈裝進炮口，隨後吃力地調整炮身，瞄準着一瓶酒號。我們這裏還是處於風暴區的邊緣，船身有些小小的搖晃，加上炮彈落水後的爆炸，船身更是有些起伏，雙方瞄準對方都不

容易，並不能裝上炮彈就開炮。

我們來到儲藏室，每人抱着一大桶白石灰，跑到前甲板上。

「砰——嗖——」一瓶酒號再次開炮，一枚炮彈飛過來，正好我們的船身隨着海浪一沉，炮彈從甲板上兩米處飛了過去。

我們三個嚇得趴在甲板上，看到炮彈飛過去，我連忙起身，我們把石灰都倒在了船頭。

「西恩，看你的了。」我拍拍西恩。

「防禦弧——」西恩用手一指那一大堆白石灰，一道帶着光的防禦弧飛過去，當即就把白石灰給推散開。

白石灰瀰散了整個船頭，而且像是懸浮在空氣中，沒有立即散去。大橡樹號整個的船頭連同前半個船身，全都瀰散在了白石灰的煙霧之中。

我們被石灰嗆得捂着口鼻，大副趴在甲板上，我們的船還在一點點地倒退。甲板上，我已經看不到

一瓶酒號了。同樣，一瓶酒號上的海盜，只看見一大團白色煙霧，也看不清大橡樹號的具體船身了。

「嗖——嗖——嗖——」三枚炮彈的聲音劃過我們的船身，我知道，一瓶酒號在盲射了，我們已經用白石灰掩護了自己，但是，我也知道，這不是長久之計，白石灰仍在慢慢散開，當然比一般情況下散開的時間要緩慢。

我推算着，我們大概距離一瓶酒號三百多米了，我們只有離開它五百米以上的距離，才算是稍微安全的，但願大橡樹號看不清我們的位置，行進方向和我們有偏離。

「砰——」我們的大副在迷霧中，點燃了火繩，也盲目地射出了一炮。不一會，遠處的海面上發出一聲爆炸聲，從聲音判斷，沒有炸中。

「轟——」的一聲，大橡樹號的船身猛地一震，我們的船尾出現了爆炸，一瓶酒號的再次齊射，有一枚炮彈命中了我們的船尾，但願損失不大。

大橡樹號繼續後撤着，大副又在那裏抱起一枚炮彈。這時，迷霧開始慢慢散開，但是我們已經沒有石灰了。我依稀看見了遠處的一瓶酒號，還好，我們的距離明顯比剛才更遠了一些。

　　一瓶酒號此時也逐漸看清了我們的位置，它開始調整船頭，向我們逼近。大副又向一瓶酒號發射了一枚炮彈，延遲一瓶酒號的逼近。

　　這時，二副從船艙裏跑了出來，他彎腰跑到我們的身邊，一臉的無助。二副和船長一直在底艙划槳，試圖脫離一瓶酒號的攻擊範圍，底艙那裏也有觀察口，能看到外面的情況。

　　「船長説，這樣下去早晚被海盜船追上，所以一會它再逼近，我們就把船身橫過來，用側舷的大炮和它拚了，但是它們的火力強大，我們可能很快就被炸沉，他要你們準備好小艇。」

　　「到小艇上，我們能去哪裏？」西恩急着問，「海盜船還是會轟擊小艇的⋯⋯」

「嗖——嗖——」兩發炮彈先後從我們的左舷略過,落到海裏,爆炸了。

「看那邊——」張琳忽然大喊起來,「那一定是飛馬號——」

我們順着張琳的指向看過去,只見一瓶酒號身後偏右七、八百米的地方,一艘三桅帆船向這邊開來,那條船的身影我們很熟悉,大副和二副更加熟悉,那就是飛馬號。

「它一定是聽到這邊的炮聲才過來的。」大副想了想說,「看來剛才的風暴讓我們偏離了航線,否則我們不會遇到海盜船的。」

「現在是怎樣叫它快點過來救我們?可是它的火力也不夠強大。」二副握着拳頭,焦急地說。

「我有辦法⋯⋯」我看了看大副和二副,「你們邊打邊撤,告訴船長,千萬不要硬拚,只要用這門大炮拖延海盜船即可,我們和飛馬號一起來圍攻海盜船。」

「圍攻？」大副和二副都愣住了，「怎麼圍攻？那邊的飛馬號可能還搞不清楚情況呢？它就是知道我們被海盜船攻擊，也不會知道你説的圍攻計劃。」

「我們有辦法。」我擺了擺手，「你們只要不去拚命就行，記住，邊撤邊打，不要把船身橫過來，那樣躲不開海盜船的炮彈的。」

説完，我把張琳和西恩拉到一邊，我看看西恩。

「你的肩膀……」

「完全好了。」西恩連忙説。

「好的，我們現在就利用穿越術，到飛馬號上去。」我指了指那邊的飛馬號，「距離非常近，穿越時間只用幾秒，所以掉進海裏的概率不大，西恩的肩膀也能抗住這次穿越。」

「乾脆直接殺到一瓶酒號上去？」西恩問道。

「不行，他們有槍，而且人多，分布在船的不同區域，我們不可能一次解決他們。」我搖搖頭。

「那就快點穿越過去吧，別再等了。」張琳急

着説。

「我們馬上去飛馬號上，千萬不要慌——」我對大副和二副招了招手。

「哎，你們……」大副當然不懂我們怎麼才能到飛馬號上去。

我們跑到船尾，我抬起手，對着萬能手錶。

「總部時空隧道管理員，我是阿爾法小組051號特工，我和另外兩個同事申請開啟穿越通道，請輔助我們實施穿越。」

「我是001號時空隧道管理員，請問穿越方式。」手錶裏一個聲音問道。

「定點定時穿越。」

「穿越的時間和地點？」

「一分鐘後七百米外的飛馬號商船上。管理員，你現在能看到我們的位置吧。」

「完全能看清，但穿越有一定風險。萬一落在海中，請快速游向飛馬號。」管理員説，「同意你們

穿越⋯⋯」

「⋯⋯需要特別留意以下事項：一，不許從穿越地帶回除任務要求外任何物品。二，不許改變歷史。三，不許利用已經獲得的歷史知識進行任何任務以外的行為。」我急着說，我們確實趕時間，「請馬上安排我們穿越。」

「五秒鐘後穿越通道開啟，請站穩！五、四、三、二、一。」管理員說道，隨即，一個若隱若現的巨大管道出現了，這就是穿越通道。

我們進入管道，隨後手挽手站定。「轟——」的一聲，一道橘紅色的閃光從我們三個人身上滑過，霎時間，我們就消失在穿越通道中，幾秒鐘後，「唰——」的一聲，我們穿越成功了，我們看着四周，這裏是飛馬號的後甲板，我們的身體隨着船身輕微搖晃着，遠處，還有爆炸聲傳來。

「穿越成功。」我的手錶裏傳出管理員的聲音，「祝好運。」

　　飛馬號上，一個水手瞪大眼睛看着我們，他被驚呆了，他不知道我們怎麼會出現在這裏。

　　「奧古斯塔呢？」西恩衝上前兩步，問那個水手。

　　「駕……駕駛室。」水手驚恐地説。

　　我們立即向駕駛室跑去，我從側舷看過去，一瓶酒號正在駛向大橡樹號，而我們在追趕一瓶酒號，只不過我們的速度比較慢。

　　我們出現在駕駛室的時候，把奧古斯塔也嚇了一跳，現在他是這條船上的代理船長。我們也沒時間和他解釋怎麼來的，只是告訴他，大橡樹號命懸一線，就要被一瓶酒號擊沉了，我們要去救援。

　　奧古斯塔剛才就判定了有事情發生，本來他們就在等待大橡樹號前來匯合，但是忽然聽到遠處有炮火聲，於是趕來，看到了一瓶酒號在追擊大橡樹號，他們急忙追過去，想着營救大橡樹號，但是距離較遠，火炮射程勉強能打到一瓶酒號，但是打不

準，同時也不徹底清楚發生了什麼，自己也在焦急中，我們就趕到了。

「奧古斯塔，我有個圍攻的計劃⋯⋯」我邊說邊看着前面的情況，我擔心的是大橡樹號和一瓶酒號拼命，那樣它很快就會被擊沉，「你們的船名還沒有改成飛馬號，對嗎？」

「是的，剛才想改回來的，但是聽到炮火聲，就趕過來了。」奧古斯塔說。

「那太好了。」我點點頭，「現在，你們把船身稍微側過來一些，讓一瓶酒號能看清你們的船名，同時還要升起海盜旗，放煙火，引起他們的注意，迷惑他們⋯⋯」

「迷惑他們？然後呢？」奧古斯塔有些不解地問。

「當他們被迷惑了，你們就衝過去開炮。」我語速飛快地說，「但是我們的火力不如一瓶酒號。你給我們一條小艇，還有一門炮，我們划過去，加

上大橡樹號，我們三面圍攻一瓶酒號，關鍵看我們的，你們要牢牢地吸引住一瓶酒號。」

「轟——轟——」前面又有兩聲爆炸聲傳來，我連忙揮着手。

「快，大橡樹號就要被一瓶酒號擊沉了，我們行動——」

奧古斯塔跟着我們衝出了駕駛室，他完全聽從我的計劃。我們先是來到船尾，很快放下一條小艇，然後把船尾的大炮用吊繩吊到海面上，放下來，放進小艇裏。

小艇放下大炮後，吃水很深，飛馬號上的水手又放下兩個桶，一個桶裏是炮彈，另一個是發射炮彈的火藥塊和引線，我們三個在小艇上接應着，放下兩個桶後，小艇又沉了一些。

「快，快去迷惑海盜船——」我站在小艇上，指着前方，焦急地說。

「好的——小心——」奧古斯塔揮揮手。

借着飛馬號船身的掩護，我們和張琳划槳，把小艇快速地划向東面。我們的船小，從遠處很難發現我們。

　　飛馬號拆卸了一門大炮，奧古斯塔還扔掉了一些貨物，速度一下提升不少。他們快速地向前開去，奧古斯塔下令，降下飛馬號的旗子，升起了一面海盜旗。

　　「放煙火，對着前面的一瓶酒放。」奧古斯塔又下令。

　　幾個水手拿着煙火衝到船頭，對着海盜船就開始發放，煙火追着海盜船一瓶酒號炸響，天色並不是光亮的，而是還有些灰暗，所以煙火爆炸後，還算是耀眼。

　　「嗨——嗨——」幾個水手一邊燃放煙火，一邊對着前面的海盜船招手。

　　「向左十五度。」奧古斯塔對舵手説，「讓他們看到我們的船名，看看他們的『兄弟』來了……」

　　大橡樹號和剛才的航向偏左了十五度，船身側了過來。前面，正在追擊大橡樹號的一瓶酒號，顯然發現了這個情況，海盜船的船尾聚集了好幾個人，都看向這邊。

　　「嗨——嗨——」幾個水手繼續高聲呼喊着。

　　一瓶酒號本來全速追趕大橡樹號，又漸漸拉進了和大橡樹號的距離，不過看到了又一艘「一瓶酒號」追來，十分震驚。從飛馬號上看過去，一瓶酒號果然有所減速。

　　「快，全速——」奧古斯塔大聲地下令。

　　飛馬號全力衝過去，一瓶酒號則明顯放慢了速度，但是並沒有停下，他們似乎很想知道為什麼另一艘「一瓶酒號」在招呼自己，為什麼這條船也叫一瓶酒號，而且從塗裝到構造都和自己的船幾乎一模一樣。

　　飛馬號很快就距離一瓶酒號不到兩百米了，一瓶酒號的前主炮，仍在轟擊更前面的大橡樹號，但是

船尾這裏，圍了更多的人，看着追上來的「一瓶酒號」。

我們的小艇繞了很大一圈，開向了一瓶酒號的右舷的西面，現在還沒有人關注到我們這樣一條小艇，我們的目標位置將是我們的攻擊位置，三面的圍攻之勢正在形成，不過一切都要取決於我們這條很是隱蔽的小艇，大橡樹號已經嚴重受損，火力有限，飛馬號的火力也不及一瓶酒號。

「準備開火——」飛馬號上，奧古斯塔對着竹筒做的傳聲筒説道，他的聲音能傳到下層甲板的火炮間。

飛馬號忽然開始轉頭，船的側身開始面對一瓶酒號，一瓶酒號上的海盜還都疑惑地看着飛馬號。

「開火——」奧古斯塔大喊一聲。

「砰——砰——砰——」飛馬號上右舷的三門主炮立即射出三枚炮彈，三枚炮彈對着一瓶酒號的船身就飛了過去。

「轟——轟——」兩聲爆炸聲，一瓶酒號的中部船身和船頭中彈，另一枚炮彈打空。一瓶酒號的船身中部被炸出一個大洞，船頭起火。

「左滿舵——左滿舵——」奧古斯塔大喊着，他要把船身完全轉過來，用右舷的三門大炮再攻擊一次。

中彈的一瓶酒號頓時亂作一團，救火的救火，補洞的補洞。飛馬號的射擊沒有炸中要害位置，一瓶酒號在修繕的時候，側舷大炮和尾炮也一起對準了飛馬號。

「砰——砰——砰——砰——」一瓶酒號上的四門火炮一起開火，四枚炮彈飛向了飛馬號，「轟——轟——」，正在轉身的飛馬號中了兩枚炮彈，前桅杆被炸斷，船尾被炸出一個大洞，一瓶酒號的火力果然強大。

這下，輪到飛馬號忙亂了，有人去救火，有人補漏。關押在底艙的那些大橡樹號上的海盜，通過窗

戶看到被一瓶酒號攻擊，全部蠢蠢欲動。

「我們要被擊沉了——」大橡樹號原來的海盜船長喊着，「我們衝出去——」

「不許動，再動就開槍了——」一個水手揮着槍，大喊着。為了看押這些海盜，飛馬號派了八個水手，這也導致運作船隻的水手人手不足。

海盜們還是賊心不死，幾個海盜站起來，向水手這邊靠近。

「砰——砰——」一個水手對着天花板開了兩槍。海盜們嚇得退到了原來位置，全部蹲下。

海面上，飛馬號艱難地轉動着船身，終於把右舷再次對準海盜船，不過距離比剛才稍遠了一些。

「砰——砰——砰——」兩船同時開炮，「轟——轟——」，兩船各被命中一炮，飛馬號受損更加嚴重，駕駛室的艙頂被炸飛，奧古斯塔等人趴在地上，奧古斯塔受了輕傷，開船的水手重傷，立即被換下。

CHAPTER 10

突襲

　　最遠處的大橡樹號看到一瓶酒號大戰一瓶酒號，停了下來，船身也慢慢地轉過來，「砰——砰——砰——」，大橡樹號左舷的三門大炮開始射擊，不過由於距離較遠，火力也差，三門炮彈都落在了飛馬號船頭位置，炸起的水柱掀動了海面，令海盜船的船身高高抬起。

　　海盜船此時已經完全停船，不再追擊大橡樹號，遭到飛馬號的突然襲擊，海盜船顯得非常憤怒，怨氣全部撒在了飛馬號上，它調整着船身，努力用側身的三門大炮對準飛馬號，想要一舉擊沉飛馬號。

　　職業海盜船的火炮口徑大，威力足，飛馬號無法正面應對，看到一瓶酒號調整炮身，奧古斯塔下令立即將船頭對着一瓶酒號，減少被攻擊的面積，這

樣一來，飛馬號就只有前甲板的大炮能對付一瓶酒號，加上駕駛室被轟擊過，飛馬號的運作系統也嚴重損壞，很快就處於劣勢。

「準備攻擊──」一瓶酒號上，海盜指揮開炮的聲音傳出來，飛馬號上的水手幾乎都能聽見，「預備──」

「轟──」的一聲，大橡樹號的一發炮彈射過來，沒有命中一瓶酒號，但是落在一瓶酒號左舷三、四米處的海面上，爆炸了。

「砰──砰──砰──」一瓶酒號晃動着船身，開炮了。三枚炮彈直射飛馬號，還好由於船身的晃動，三枚炮彈全部射偏，有一枚擦着駕駛室只有不到一米飛了過去。奧古斯塔和駕駛水手看到那枚炮彈射過去，全都嚇壞了，汗都流了下來，如果射中駕駛室，整個駕駛室就要飛上天了。這次是大橡樹號上的攻擊救了飛馬號。

「拉開距離──拉開距離──」奧古斯塔連忙下

令，距離這樣近，一瓶酒號再來一次齊射，飛馬號就沒有這麼運氣了。

「砰——」的一聲，飛馬號的大炮還擊了一枚炮彈，炮彈從一瓶酒號的兩根桅杆間射了過去。

「哎呀——打準一些呀——」奧古斯塔懊惱地大喊。

一瓶酒號上，海盜們用尾炮攻擊大橡樹號，船身則很快調整過來，直直地向飛馬號撲了過來，他們就是要拉近距離，提高命中率，三門大炮只要齊射一次，全部命中的話，一次就能把飛馬號擊沉。

飛馬號快速後撤，而大橡樹號為了救飛馬號，則衝上去攻擊一瓶酒號。

我和張琳划着槳，到達了預定位置，我們把船頭調整過來，對準了遠處的一瓶酒號。一瓶酒號距離我們大概有五百米的距離，我們剛才的移動，一瓶酒號絲毫沒有發現，他們全力應對着飛馬號和大橡樹號。

西恩已經把一枚炮彈放進了炮口裏，點火火繩也插進了點火口，他手裏拿着一擦既燃的火石，趴在船頭的炮身旁，回頭看看我們，點了點頭。

「我都準備好了。」

我和張琳也點點頭，我們突然一起划動雙槳，我們使用了超能力，我們的雙槳的擺動速度飛快，如同高速旋轉的扇葉一般，水花在我們的小艇邊翻騰，飛濺得很高，恰好形成了一種水幕掩護。

小艇以汽車一般的速度飛衝向一瓶酒號。一瓶酒號此時正在調整姿態，準備用右舷的大炮齊射飛馬號，而飛馬號倒退速度明顯很慢，就要遭到又一次致命齊射了。

我們距離一瓶酒號越來越近，這時，左舷的幾個海盜發現了我們，他們看到一條小艇逼近，依稀看到小艇上的大炮。

「射擊——射擊——」一個海盜大喊着。

幾枚子彈向我們打來，我們張琳彎下身子，但

是依然在用力划槳，我們距離一瓶酒號不足一百米了。

「西恩——打它水面上的位置——」我大喊着。

西恩用炮口對準了一瓶酒號左舷水面上半米的位置，點燃了火繩。

「噹——轟——」一枚炮彈準確地打在一瓶酒號的左舷水面上不到一米的位置，一聲巨響後，那裏被炸出一個兩米寬的大洞，海水頓時就湧了進去。

西恩迅速將一個火藥塊塞進炮口，隨即又塞進一枚炮彈，他插上點火繩，這次他把炮口對準了一瓶酒號的水下部分。距離一瓶酒號不到四十米，西恩又射出了一枚炮彈，這次的炮彈直接打在一瓶酒號的吃水線上。

「轟——」近距離攻擊產生了強大的攻擊力，一聲爆炸後，一瓶酒號又被炸出一個大洞，海水又從這個洞口湧進一瓶酒號。

我停止划槳，張琳用力划槳，我們在一瓶酒號

船身十多米前轉彎，我們看到這條船正在快速地傾斜，兩個水線處的大洞，海盜們根本堵不上。

一瓶酒號注入了大股的海水，船身很快就歪斜下來，「咚——咚——咚——」，一瓶酒號左舷的三門大炮因為船身向下，從炮口滑進了大海裏。

「救命呀——」甲板上，知道馬上就要沉船的海盜們大呼小叫，十幾個海盜哭喊着跳進了海裏。

我們的小艇划出去一百多米，隨後停下。遠處，大橡樹號和飛馬號也都停船，看着傾斜進水的一瓶酒號。

「轟——」的一聲，一瓶酒號歪倒砸在了水面上，隨後開始沉向海底，船上的海盜們全都紛紛跳海。沒幾分鐘，一瓶酒號完全沉入海中，海面上，只有那些在水中掙扎、呼救的海盜。

飛馬號和大橡樹號，還有我們的小艇，向那些海盜駛過去。海盜們被拉到甲板上，解除了武裝，看押起來，我們的小艇也撈起了兩個落水海盜。

飛馬號和大橡樹號很快就並排靠在了一起，我們划着小艇，來到了飛馬號的船下，大炮先被調了上去，隨後兩個海盜也被拉上去看起來。我們最後登上了飛馬號。

　　「天降的勇士呀——」飛馬號的船長、大副和二副，已經回到了自己的船上，他們看到我們上船，衝上來擁抱我們，剛才的一切，他們都看到了，「要是沒有你們，現在沉下去的是我們的船——」

　　「你們是哪裏來的？真是天上派下來的嗎？」奧古斯塔也很是激動，「你們是我們大家的救命恩人呀——」

　　「沒什麼，沒什麼。」我刻意地不提起我們的超能力，「我説，船長先生，那個加西亞有人好好看着吧？」

　　「捆得結結實實的，即使剛才激戰的時候，也有兩個人專門看着他。」船長説，「我知道，他是西恩的親戚……」

「他不是。」西恩小聲地説。

「兩條船，受損嚴重吧？」我看了看不遠處的一處船舷，那裏都被炮彈炸塌了。

「兩船的駕駛室基本都毀了，航海儀炸飛了。」船長説着苦笑起來，「只能憑感覺去西班牙了，不過還好，也許像哥倫布那樣，又發現一個新大陸呢。」

我們去檢查了兩條船，兩條船的受損都很嚴重，關鍵是駕駛室都遭到攻擊，大橡樹號的駕駛室完全不能使用了，飛馬號略好一些，但是羅盤等航海儀器也被摧毀，兩條船隻只能靠猜測方向去西班牙了。

飛馬號拖拽着幾乎失去了動力的大橡樹號，向鳳梨島駛去，這近百公里的航程，靠猜測基本還是能找準方向的。我、張琳和西恩在飛馬號上，心情複雜。

「按照計劃，我們現在應該帶着加西亞返回現代

了。」我説道，「可是那樣，他們就真的靠猜測去西班牙了，誰知道他們能到什麼地方呢？」

「要是在大海上迷途，那可就⋯⋯」西恩搖着頭説。

「所以⋯⋯」我説着揚了揚手臂，露出萬能手錶。

「帶他們去西班牙，我們到了西班牙再在陸地上穿越。」張琳幾乎和我一起説，説完，我們都笑了。

「諾曼先生能理解我們的。」西恩也笑着説，「我們的萬能手錶有定位導航能力⋯⋯」

「那就去和船長説。」我揮了揮走。

船長他們現在可不在駕駛室裏，那裏的艙蓋都炸飛了，他們在船艙裏。我們進到船艙裏，經過一間房間，裏面傳來呼叫聲。

「喂，一瓶酒號何苦為難一瓶酒號，還把我們擊沉了，你們是要取代我們的威名嗎？這麼看中

這個名字嗎，我們可以商量，把這個名字給你們呀⋯⋯」

「怎麼回事？」我問站在房門口的一個持槍水手。

「一瓶酒號的海盜船長，單獨關押在這裏。」水手笑着說，「可能是被炸暈了，腦子反應不過來，總以為我們是為了取得一瓶酒號的名字攻擊他們的，還抱怨說我們假冒他們。」

「噢，那要等他清醒一下再告訴原因了。」我聳聳肩，帶着張琳和西恩，向船艙裏走去。

時空調查科9

加勒比海盜大戰

作　　者：關景峰

繪　　圖：Mimi Szeto

責任編輯：葉楚溶

美術設計：蔡學彰

出　　版：新雅文化事業有限公司

　　　　　香港英皇道499號北角工業大廈18樓

　　　　　電話：（852）2138 7998

　　　　　傳真：（852）2597 4003

　　　　　網址：http://www.sunya.com.hk

　　　　　電郵：marketing@sunya.com.hk

發　　行：香港聯合書刊物流有限公司

　　　　　香港荃灣德士古道220-248號荃灣工業中心16樓

　　　　　電話：（852）2150 2100

　　　　　傳真：（852）2407 3062

　　　　　電郵：info@suplogistics.com.hk

印　　刷：中華商務彩色印刷有限公司

　　　　　香港新界大埔汀麗路36號

版　　次：二〇二一年六月初版

ISBN：978-962-08-7778-0